KB206398

나에게 해주지 못한 말들

나에게
해주지 못한
말들

타투이스트 연의 꽃 처방

×

글·그림 연

나는 오늘도 당신에게
꽃을 그린다

이 책을 쓰는 동안 자주 머뭇거렸다. 내가 뭐라고 이걸 쓰나. 내 길을 찾아가는 것만으로 버거운 미약한 내가 누군가를 응원하겠다고 나서는 것이, 무언가를 전하겠다고 시도하는 것이 웃긴 모양새는 아닐까 두려웠다. 생각에 깊이 잠겼다가도 숨을 고르면서 이 책을 쓰는 이유를 생각했다.

"그럼에도 살아갈 수 있다."

이 말이 하고 싶었다. 그러려면 이 책을 완성해내야 했다. '그럼에도 살아간' 흔적을 모은 기록이니까.

난 내가 남들보다 조금 더 게을러서 더 자주 누워 있는다고 생각했다. 어릴 때부터 잔병치레가 심했으니 커서도 아침마다 배가 아플 수 있다고 생각했다. 남들보다 조금 더 예민해서, 잡생각이 많아서 잘 못 잔다고 생각했다. 어느 날 수면제나 조금 처방받아 오자는 생각으로 정신과에 갔는데, 의사 선생님은 우울증 검사를 권유했다. 나의 검사 결과지를 받아든 선생님은 "꽤 오래전부터 진행돼서 많이 힘들었을 텐데, 그동안 어떻게 견뎠어요?"라고 하셨다. 그 한마디가 눈물샘 어딘가를 깊이 찔렀는지 나는 그 자리에서 말없이 한참을 울었다.

병원에서는 약을 권유했는데, 약을 먹으면 잠이 쏟아졌다. 정시 출근이 점점 힘들어졌고 근무 시간에도, 회의 시간에도 의지와 상관없이 잠이 쏟아졌다. 일반적인 사회생활이 어려워져 생계를 이어갈 새로운 방법을 마련해야 했다. 오래전부터 해보고 싶었던 것들, 내가 좋아하는 것들을 떠올렸다. 그림과 꽃. 그것들을 이어서 나는 몸에 꽃을 새겨주는 사람으로 삶의 방향을 틀었다.

어느 날, 한 분이 손목의 흉터를 덮고 싶다며 나를 찾아왔다. 그녀의 깊은 이야기를 듣고 나니 물고기와 콩꽃이 떠올랐다. 한 점 한 점 찍을 때마다 그녀가 물고기처럼 자유롭게 헤엄치듯 살아가기를, 콩꽃의 꽃말처럼 '반드시 찾아올 행복'을 만끽하기를 바랐다.

그녀는 완성된 그림을 보고 환히 웃었다. 그 미소를 보며 말로 형용할 수 없는 기분이 들었다. 내가 하는 일은 그저 피부에 그림을 그리는 게 아니었다. 누군가의 마음을 다독여주고, 지난 아픈 기억을 지울 수 있게 도와주고, 새로운 희망의 시작을 함께하는 일이었다.

이렇게 나를 찾은 손님들은 자신의 이야기나 특별히 새기고 싶은 의미를 내게 들려준다. 그럼 나는 그에 맞는 꽃을 골라 예쁘게 새겨준다. 몸의 증상을 듣고 약을 처방해 주듯, 어떤 마음에 대해 꽃을 처방해 주는 것이다. 나는 이것을 '꽃 처방'이라고 부른다.

의도치 않게 삶의 방향이 틀어진 후에 좋아하는 꽃을 마음껏 그리게 되고, 나와 어딘가 비슷한 사람들을 만나고 있다. 내가 선택한 모든 것들이 마치 하나의 인연처럼 느껴졌다. 그런 의미에서 나의 이름 '연'이 탄생했다. 많은 이들이 묻는다. 왜 유독 꽃에 집중하고, 꽃을 좋아하고, 꽃을 그리냐고. 꽃의 생명력을, 그저 존재함으로써 갖는 삶의 의미를 신망한다. 서로 다른 의미를 품은 채 어우러져 살아가는 모습을 좋아한다. 그것들이 나에게 주는 깨달음을 다른 사람들과 나누고 싶다.

나는 다시 살아갈 힘을 꽃을 그리면서, 꽃을 선물하면서 얻는다. 그 과정에서 사람들과 주고받는 응원은 나에게 또 다른 힘이 되어준다. 이 글을 읽는 분들 또한 예측할 수 없는 삶의 굴곡 속에서 힘이 되어주는 자신만의 존재를 발견하길 바란다.

어떠한 편견도 없이 열린 마음으로 책에 담긴 다양한 꽃의 아름다움을 함께 즐겨주기를. 힘든 시간을 이겨낸 사람들의 이야기를 따뜻한 시선으로 들어주기를. 그리고 그 끝에 나의 그늘을 안아줄 수 있는 나만의 답을 찾아보기를 바란다. 꼭 답을 찾지 않아도 좋다. 우리가 사는 이유는 어떤 답을 찾기 위함이 아니라 그저 과정을 즐기기 위함이니까.

사람들은 봄이 오면 "이제 꽃이 피겠네"라고 말한다. 하지만 꽃은 봄에도, 여름에도, 가을에도, 겨울에도 피어난다. 묵묵히 자신이 피어야 할 곳에서, 자신의 계절에 자라난다. 꽃은 언제나 그 자리에서 우리를 기다리고 있다. 우리가 혼자라고 생각할 때도 항상 우리를 기다리는 존재가 거기에 있다.

당신을 기다리는 존재를 잊지 말아 달라고, 꽃처럼 아름다운 당신의 가치와 소중함을 잊지 말아 달라고, 꽃 같은 당신의 존재를 있는 그대로 사랑해 달라고 말하고 싶어서 나는 오늘도 당신에게 꽃을 그리고, 꽃의 말을 전하고, 꽃을 건넨다.

2장 새로운 시작이 두려운
당신에게

Part.1

나를 사랑하는 법을
잊은 당신에게

지금 행복하지 않아도 괜찮다.
그렇다고 불행할 필요도 없다.

다시
웃을 수 있어요

                사랑하지 않고 사랑받지 않는 삶은 아무 의미 없다고, 스무 살의 나는 생각했다. 지금과 달리 그때의 나는 누군가의 손길을 늘 그리워했고, 이별 앞에 속수무책 쓰러지곤 했다.

  나는 그 애의 매니저 같았다. 그 애의 부모도 그런 나를 마음에 들어했다. 그 애가 나와 동시에 다른 사람을 만나고 있다는 사실을 알면서도 그 애의 친구들까지 불러 생일을 챙겨줬다. 내가 할 수 있는 모든 것을 다 해줬다. 내 삶의 1순위는 당연히 그 애였다. 이 관계에 최선을 다해야 미련 없이 헤어질 수 있다고 믿었다. 아니, 솔직히 말하면 그래야 다시 나를 돌아봐 줄 거라 생각했다.

현실은 아니었다. 그 애는 나를 다시 봐주지 않았고, 헤어지고 나서도 꽤 오랜 시간 미련에 파묻혀 그 애의 흔적에서 벗어나지 못했다. 남은 마음에 미련 두지 않기, 추억을 되새기지 않기, 후회하지도 돌아보지도 않기, 앞으로 나아가기. 어느 것도 마음처럼 되지 않았다.

이별이라는 미련의 꽃잎을 손에 꼭 쥐고 있느라 나에게 다가온 인생의 수많은 새로운 꽃잎들을 알아보지도, 받아들이지도 못했다. 꽉 쥐었던 손을 다시 펴기까지 오랜 시간이 걸렸다.

"나는 어제로 돌아갈 수 없어. 나는 어제와 다른 사람이니까.
그러니 더는 돌아보지도 후회하지도 않을 거야."

– 동화 〈이상한 나라의 앨리스〉 중에서

다시 웃을 수 있어요.

이 디자인은 동화 〈이상한 나라의 앨리스〉의 대사에서 영감을 받았다. 산딸나무는 5~6월에 청아한 십자가 모양으로 흰 꽃을 피우고, 가을에는 새빨간 딸기 모양의 열매를 맺는다. 유럽의 여러 기독교 국가에서는 예수님이 못 박혀 돌아가신 십자가를 산딸나무로 만들었다고 해서 지금도 정원수로 많이 심는다. 그래서인지 꽃말도 '희생과 견고'이다.

겉으로는 작고 연약해 보여도 '견고'를 품고 있다. 스무 살의 나처럼 이미 지나간 기억을 놓지 못하는 누군가가 있다면, 이 여리지만 단단한 꽃이 가닿아서 앞날의 나침반이 되어주길 바랐다.

꽃 뒤에 새겨진 별자리처럼, 사랑의 실패는 먼 훗날 돌이켜 보면 내 삶의 빛나는 기록일 것이다. 상처만 남는 이별은 없다. 훗날 내가 똑같은 실수를 반복하지 않도록 도와주는 길잡이 역할을 해줄 테니까. 사랑의 실패 속에서도 스스로 칭찬할 것은 칭찬하자. 최선을 다해 노력했던 부분을 인정해 주자. 그리고 다음 사랑을 위해 지난 시간을 잘 정리한다면, 사랑의 흔적은 어느새 내 인생의 별자리가 되어 있을 것이다.

'더는 돌아보지도 후회하지도 않을 거야'라는 문구와 함께 이 디자인을 소개했는데, 얼마 지나지 않아 한 통의 메일을 받았다. "최근 이별을 겪고 힘든 시간을 보내는 중이에요. 이 인연은 여기까지였음을 인정하고, 지나간 시간과 마음에 마침표를 찍고 싶어서, 그 다짐의 의미로 이 꽃 처방을 의뢰합니다." 이분은 손에 쥐고 놓지 못했던 꽃잎들을 이제 흘려보낼 준비가 되신 듯했다.

사랑이 끝나도 삶은 계속된다. 내가 써 내려가야 할 빈 페이지는 셀 수 없이 남아 있다. 남은 페이지를 어떻게 채워갈지는 내 삶의 지은이인 내 손에 달렸다. 새 페이지를 넘길 때마다 무엇이 우리를 기다리고 있을지 모른다. 어떤 엔딩으로 책장을 덮을지도 아직 알 수 없다.

예상한 이별이든, 예상하지 못한 이별이든 이별 앞에서 한순간에 마음을 잡고 담담히 돌아서기란 쉽지 않다. 그래서 애도의 과정, 즉 나를 이해하고 애정과 믿음을 회복하는 시간을 충분히 가져야 한다. 그사이 우리는 조금씩 견고해진다. 나를 이해하는 것이 누군가를 다시 사랑하기 위한 첫 번째 과정이다.

오늘도 수많은 별 자국을 남기며 살아가는 나에게 웃어주며 "사랑한다"고 말해주자. 나는 언제나 사랑받아 마땅한 빛나는 존재이니까.

나를 사랑하는 마음을
잊지 말아요

〈혐오스런 마츠코의 일생〉이라는 영화가 있다. 주인공 마츠코는 사랑에 자신의 인생을 내던진다. 그녀의 일생은 누군가의 사랑을 받기 위해, 그리고 그 관계를 유지하기 위해 끊임없이 망가져 갔다. 영화 후반부에는 사랑의 상처로 얼룩진 마츠코가 쓰레기로 가득 찬 방에 틀어박혀 텔레비전 속 화려한 연예인들을 멍하니 응시하는 장면이 나온다. 처음의 아름다운 모습은 볼 수 없고, 일도 놔버린 지 오래다. 타인을 사랑하는 일에만 몰두한 결과, 자신을 잃어버리고 만 것이다.

쓰레기장 같은 방에 처박혀 있는 마츠코의 모습이 낯설지 않았다. 나를 보는 것 같았다. 나는 상담 선생님 앞에서 나도 마츠코처럼 아무것도 이루지 못한 채 결국 의미 없는 마지막 결말을 맞을 것 같다며 울기도 했다.

　　당시 내 방은 마츠코의 방과 똑같은 상태였다. 손 하나 까딱 하기 힘들고 아무것도 하고 싶지 않고 모든 게 다 괴로웠다. 무기력이 덮치자 분리수거 같은 작은 일도 하기 어려워졌다. 옷가지와 쓰레기가 뒹구는 방 한구석에 누워 지내면서도, 그런 내가 못마땅했다. 상담 선생님은 청소 업체라도 불러서 치워보라고 했는데, 나는 그분들이 내 방을 보고 이 집에 사는 애는 정말 더럽다고 생각할까 봐 두려웠다. 선생님은 그분들은 집을 깨끗하게 치워주는 게 직업이고 훨씬 더러운 집들을 많이 봐와서 괜찮다고 다독였지만, 나는 나의 치부를 타인에게 보이는 것 자체가 너무 두려웠다. 그 상황을 지켜보던 가까운 지인이 "우리가 도와줘도 괜찮을까?"라고 조심스레 물었다. 그렇게 셋이서 작은 원룸을 정리하는 데 반나절이 걸렸고, 100리터 쓰레기봉투를 두 개나 사용했다. 집을 깨끗이 치우자

여느 때와 달리 폭식을 하지 않고 잠들 수 있었다. 다음 날, 깨끗해진 방에서 눈을 뜨면서 내 일상을 스스로 돌보는 일에 대해 다시 생각하게 됐다.

밥 먹고 잠자고 일하고 생활하는 공간들, 내가 보내는 시간에 눈과 귀와 마음을 기울이는 것부터 시작했다. 가장 먼저 내 방을 둘러봤다. 발 디딜 틈이 없었다. 책상에는 옷가지가 쌓여 있었고, 싱크대에는 먹다 만 음식들이 나뒹굴고 있었다. 밖에서도 집에서도 떠도는 존재 같이 느껴졌던 이유, 어디에도 나의 휴식처가 없다고 느꼈던 이유는 스스로 어지럽힌 나의 일상 때문이었다.

"자신을 사랑하라."

우리는 이 말을 지겹도록 들으며 살아간다. 하지만 그게 정확히 어떤 의미인지 잘 모른다. 나의 우선순위는 언제가 내가 아니었다. 내 생각보다 네 생각, 내 마음보다 네 마음, 내 기분보다 네 기분이 중요했다. 나는 늘 나를 뒤로 미뤄뒀다. 그래서였을까. 우울증을 앓기 시작한 이후부터는 어느 때보다 나에게 사랑을 퍼부었다. 우울증에서 벗어나기 위해 끊임없이 나를 챙기고 보살폈다. 사랑을 다름 아닌 나와 주고받아야 했던 것이다. 타인이 아닌 내가 내 삶의 첫 번째여야 했고, 내 사랑을 제일 많이 받는 존재도 나여야 했다.

사랑의 사전적 의미는 '어떤 사람이나 존재를 몹시 아끼고 귀중히 여기는 마음. 또는 그런 일'이다. 나를 사랑하기 위해, 나의 존재를 몹시 아끼고 귀중히 여기기 위해 무엇을 하면 좋을까. 좋은 곳에 나를 데려가고, 비싸고 맛있는 것을 먹이고, 좋은 옷을 사주고, 갖고 싶은 것을 사주면 될까?

한때는 물질적인 보상을 해주는 게 나를 사랑하는 방법이라고 생각했다. 닥치는 대로 사람을 만나 외로움을 충족하거나, 맛있어 보이는 음식을 끊임없이 먹는 게 나를 위한 보상이자 사랑이라고 믿었다. 필요하지 않은 물건을 마구 사기도 했다. 유형의 사물로 무형의 마음을 채우려 할수록, 의미 없는 만남과 소비에 집착할수록 마음만 더 공허해졌다.

이제는 나를 위한 선물로 일주일에 한 번씩 청소 업체의 도움을 받아 집을 정리한다. 작은 원룸에 살면서 사치를 부린다고 생각할 수 있지만, 다른 생활비를 절약하고 있다. 옷이나 구두, 화장품처럼 나를 치장하는 데 필요한 것들은 필요할 때만 구매하고, 밖에서 사 먹는 커피를 줄였다. 그렇게 집 안을 정리하면서 나는 폭식과 구토를 멈출 수 있었다. 나를 바라보고 나의 주변부터 챙겨나가는 것이 나를 사랑하는 삶의 시작이었다. 식이장애는 아직 치료하는 중이지만, 운동을 시작하면서 지난 2년간 불어났던 몸무게도 어느새 제자리를 찾아가고 있다.

내 방은 내 마음 상태를 비추는 거울이다. 당장 내 방을 둘러보자. 내가 덮고 자는 이불은 깨끗한지, 책상은 잘 정돈되어 있는지, 바닥에 널브러진 옷가지는 없는지, 화장대가 아무렇게나 어지럽혀 있지는 않은지 살펴보자. 당장 모든 것을 정리할 수 없다면 오늘은 책상, 내일은 화장대를 정리해 보자. 주변의 작은 것들부터 하나씩 살펴보면서 변화시킬 때 내 마음에도 조금씩 변화가 일어난다.

사랑을 해본 사람은 안다. 누군가를 좋아하게 되면 그 사람을 웃게 해주고 싶고, 행복하게 해주고 싶고, 편안하게 해주고 싶어진다. 상대로 인해 내 마음이 충만해질 때, 우리는 사랑을 받는다고 느낀다. 사랑은 물질적인 주고받음이 아니라, 마음의 주고받음이다. 우리에게 필요한 사랑이란 어떤 보상이나 한쪽의 양보나 희생으로 만들어지는 관계가 아닌 충만한 마음이다.

때마침 "나를 사랑하는 마음을 잊고 싶지 않다"며 한 분이 내 작업실을 찾았다. 나는 에피덴드룸과 당귤나무꽃을 골라 그분이 고개를 살짝만 내려도 바로 볼 수 있는 어깨에 새겨 넣었다. 에피덴드룸은 난의 한 종류이지만, 보통의 난보다 꽃의 크기가 작다. 난의 종류가 다양한 만큼 잎의 형태나 꽃의 모양도 여러 가지고, 꽃말도 다양하다. 그중 '티 없이 맑은 행복'이라는 꽃말을 전하고 싶었다. 에피덴드룸과 같이 엮은 당귤나무꽃은 초여름에 하얗게 피는 꽃이다. '순결한 사랑'이라는 의미를 지닌 이 꽃은 서양에서 주로 신부의 부케에 사용된다. 작지만 올망졸망 피어 있는 이 꽃들처럼, 그분이 작은 것부터 자

나를 사랑하는 마음을

잊지 말아요.

신을 사랑하고 돌보길 바랐다.

　내 삶의 우선순위에 나를 두는 방법은 여러 가지다. 자신을 사랑하는 마음을 몸에 새긴 그분처럼, 눈에 보이는 쓰레기부터 치운 나처럼, 지금 당장 할 수 있고 나에게 맞는 방법을 찾으면 된다. 미뤄뒀던 분리수거를 한다거나 잠시 나가서 산책하는 것도 그 시작이 될 수 있다. 비싼 돈을 투자하여 시작하거나 대단한 노력을 들이는 거창한 무언가가 아닌, 아주 작고 소소한 성취부터 시작하는 일상의 돌봄 말이다. 다른 누구를 위해서도 아닌 나를 위해서.

꽃이 좋아지면서 단골 꽃집도 생
기고 꽃을 전보다 더 가까이 두고 자주 만지게 됐다. 꽃을 선
물하는 일도 많아졌다. 오랜만에 지인을 만나거나 축하할 일
이 있으면 자연스럽게 꽃 선물부터 떠올린다. 그 날도 선물로
준비한 꽃다발을 안고 지하철을 기다리고 있었다.

내 뒤에 서 있던 어느 남녀가 마치 들으란 듯이 큰 소리로
대화를 나눴다. "꽃 선물하는 거 난 이해 안 돼. 정말 돈 아깝
지 않아? 금방 다 시들잖아." "그러니까, 왜 선물하는지 모르

겠어! 그 돈으로 다른 거 사주는 게 훨씬 낫지 않아?" 만약 내가 덩치도 크고, 인상도 험상궂고, 배짱도 좀 있었다면 "어차피 똥으로 나올 거 밥은 왜 먹어요?"라고 되받아쳤을 텐데 아쉽게도 나는 작고 소심한 인간이라 그저 속으로 내뱉었다. '내 돈인데 뭔 상관….'

꽃이 시드는 건 분명 아쉬운 일이다. 그렇다고 꽃의 존재나 그걸 선물하는 행위가 무의미하고 무가치한 것은 아니다. 존재 자체가 선사하는 감동이 있고, 꽃을 나누는 순간에 서로가 느끼는 기쁨이 분명 존재한다. 단지 시간이 지나 그것의 모양이 변하거나 사라진다고 해서 존재 자체를 부정하는 것은 실패가 두려워 시작도 해보지 않고 포기하는 거나 다름없다.

붉은 장미꽃잎이 말라가는 꽃 한 송이, 이미 꽃잎이 떨어져 꽃받침만 남은 줄기, 말라가는 꽃술에 간신히 달린 몇 개의 꽃잎을 엮어 도안을 그렸다. 제목은 〈Happy Anding〉. 끝을 말할 때 우리는 Ending을 붙여 종료를 나타내지만, 우리의 삶에는 Ending이 없다. 그래서 발음은 같지만 '그리고'라는 뜻의 And를 적었다. 끝이라고 생각한 순간에도 삶은 계속된다는 것을, 끝이라고 생각한 순간에 새로운 시작이 일어난다는 것을 말하고 싶었다.

그 도안을 SNS에 올리고 몇 시간 지나지 않아 메일을 한 통 받았다. 얼마 전까지 수험생이었는데, 이제는 자신을 뭐라고 칭해야 할지 모르겠다며 이야기를 시작했다.

"이제 그만 수험생활을 마무리 짓기로 했어요. 너무 바라왔던 일이라 나한테 안 맞는 옷이란 걸 알면서도 그만두지 못하고 3년을 넘게 버텼어요. 노력과 결과가 항상 비례하지는 않는다는 걸 이제는 받아들인 것 같아요. 사실 살면서 안 좋은 일도, 힘든 일도 정말 많았는데 한 번도 포기하지 않고 늘 필요 이상의 노력을 들여서 어떻게든 해내왔거든요. 실패를 제대로 맞이해 본 적이 없어서 실패를 겪을 용기도, 그 결과를 받아들일 용기도 없어서 몇 달을 버텼는데, 이제는 모든 걸 받아들이기로 했어요. 잠시 쉬었다가 다시 저의 길을 찾아보려고 해요. 이제껏 내가 공부한 분야 말고는 다른 세상을 바라본 적

우리의 이야기는
끝나지 않았어요.

도, 찾아보려고 한 적도 없어서 다른 일을 할 수 있을지, 새로운 시작을 할 수 있을지 두렵긴 해요. 그런데 마침 정말로 오랜만에 들어간 SNS에서 연님의 게시물을 보게 되었어요. 저한테 하는 말 같아서 용기 내 메일을 보내봅니다. 시험 끝나고 첫 번째로 본 게시글이었는데, 그림의 의미가 괜히 와 닿더라고요. 이 그림을 통해 제가 또 다른 세상을 알아볼 용기를 얻으면 좋겠어요."

그렇게 장미는 주인을 만났고, 우리는 그 그림과 함께 많은 이야기를 나눴다.

나는 스스로도, 친한 친구들도 인정한 실패와 방황의 아이콘이었다. 단지 좋아했던 선생님이 "디자이너가 되면 좋겠다"라고 말했다는 이유만으로 미대 입시를 준비했고, 보기 좋게 지원한 모든 대학에 낙방했다. 1년의 재수 끝에 그 누구도 예상하지 않았던 심리학과에 진학했지만, 그렇게 간 학교에서 쉽게 적응할 리가 없었다. 중학교 때부터 좋아했던 록밴드의 공연을 보기 위해 홍대를 찾았다가 그 분위기에 완전히 매료

되어 휴학하고 홍대의 어느 공연장에서 일하기 시작했다. 예술 경영을 배우겠다며 다른 학교 입시를 준비하였고, 그 결과는 또 실패였다. 나를 지켜보던 동기는 내게 그러지 말고 학교에서 복수전공을 해보라며 다독였다. 그 덕에 다시 학교에 나가기 시작했지만 졸업하는 데 6년이 걸렸고, 사회에 나와서도 한 직장을 1년 이상 다닌 적이 없어서 늘 부모님의 걱정이 컸었다.

"난 인생이 정말 적성에 안 맞아."

"응, 난 너처럼 적응 못 하는 애는 처음 봤어."

이게 내가 30대 초반에 친구와 나눴던 대화다. 물론 앞에 인생이 적성에 안 맞는다고 말한 애가 나고. 그랬던 내가 지금 이렇게 사람들 앞에서 인터뷰를 하고, 책을 쓰고 있다. 내가 실패라고 치부했던 것들이 사실 완전한 실패는 아니었기 때문이다.

내가 한때 그랬듯, 누군가는 '성공 아니면 실패'라는 잣대로 모든 걸 평가한다. 하지만 어떤 일들은 도전하고 경험했다는 것만으로 인생의 큰 자산이 되어준다. 나에게 맞지 않는 자리는 쉽게 떠나고 다시 새로운 자리를 알아보기를 반복했던 지난날을 '실패'로만 결론짓기엔 아쉽다. 끝이라고 생각한 곳에서 또 다른 시작을 모색해 왔으니, 끝이 없었으면 다음도 없었을 것이다.

가끔 내가 어디에 있는 걸까 고민에 빠지게 되는 순간이 있다. 분명 있는 힘을 다해 걸어왔다고 생각했는데, 내가 목표했던 것이 무엇이었는지 생각나지 않기도 한다. 내 삶이 하나의 커다란 지도라면 지금의 나는 어디쯤 있는 걸까, 나는 목표지점을 향해 가고 있는 걸까, 아니면 뒷걸음질 치고 있는 걸까, 어릴 적 하던 게임 속 무인도에 갇혀 있는 건 아닐까. 수많은 의문이 머릿속에 가득 차면 우리는 겁에 휩싸여 아무것도 할 수 없어진다.

하지만 겁내지 않아도 된다. 오히려 방황할 수 있음을, 그런 순간을 맞이할 수 있음을 다행으로 여겨도 좋다. 내가 걸어온

길을 돌아보고 나를 점검하는 시간을 가지면 된다. 물 한 모금 마시고, 운동화 끈도 고쳐 매고 지도를 다시 한번 보고 앞으로 갈 길만 찾으면 된다. 새로운 곳으로 가고 싶다면 얼마든 경로를 변경해도 된다. 우리에게는 아직 아주 많은 시간이 남아 있으니까.

추락과 착륙은 다르다. 추락은 예상하지 못한 순간에 나의 의도와 상관없이 아래로 떨어져 버리는 거지만, 착륙은 내가 원할 때 비행을 끝내고 천천히 내려오는 것이다. 두 발이 땅에 닿기만 하면 다음 스텝을 얼마든 걸어나갈 수 있다. Ending이 아닌 Anding이다.

중요한 것은 결과가 아닌 과정이다. 아무것도 시도하지 않으면 아무 일도 일어나지 않는다. 아직 일어나지도 않은, 어떻게 될지도 모르는 결과부터 걱정하기보다 한 발씩 내딛어 가는 재미에 주목하자. 용기를 내 발을 내딛는 자만이 아름다운 꽃과 향기를 즐길 수 있고, 누군가는 낭만적이라며 모으기까지 하는 마른 꽃잎이 될 수도 있다.

벚꽃은 봄에만 피었다 지는 것을 두려워하지 않고 긴 겨울을 버틴 끝에 꽃을 피운다. 흩날리는 벚꽃이 유난히 아름다운 이유는 짧은 시간 빛을 발하고 다시 내년을 기대하게 하는 Anding의 존재이기 때문이다. 결과가 아닌 순간을 즐길 수 있다면, 그것으로 우리의 Happy Anding은 계속된다.

나의 아름다움을
의심하지 말아요

　　　　　　여성스럽다. 나의 작업물에 대해
간혹 들려오는 평이다. 여성스럽다는 건 어떤 의미일까? '-답다, -스럽다' 같은 표현에 종종 의문이 든다. 그 정의와 기준은 누가 만들어내는 걸까? 어느 날 이런 메일을 한 통 받았다.

　"연님의 작업들을 좋아하는데, 그림체가 모두 여성스러워서 그렇지 않은 저에게 어울릴지 모르겠어요. 사실 제가 연님께 타투를 받아도 괜찮을지 많이 고민했어요. 그렇지만 올해는 나에게 안 어울린다고 생각했던 것들에 도전해 보기로 했어요. 좋아하지만 어울리지 않을 거란 생각에 포기했던 일들을 해보면 내가 좀 더 좋아질 것 같거든요."

나는 조심스럽게 왜 어울리지 않을 거라 생각했는지 물어봤다. 그녀는 자신이 소극적이고 자신감이 없는 사람이라고 했다. 사회가 흔히 말하는 '여성스러운' 외모가 아니라서 하늘하늘한 옷을 좋아하는데도 입지 않았다. 하지만 그런 기준에서 벗어나 내가 좋아하는 것들을 마음껏 하게 되면, 그때는 더이상 콤플렉스가 되지 않을 것 같아서 용기를 내보고 싶다고 하셨다.

우리는 함께 수선화와 스토크를 골랐다. 수선화의 속명俗名인 나르키수스Narcissus는 그리스 신화에 나오는 나르시스(나르키소스)의 이름에서 유래했다. 나르시스는 연못에 비친 자기 자신을 보고 사랑에 빠진다. 이루어질 수 없는 자신과의 사랑에 빠진 그는 자신의 얼굴만을 바라보다가 죽게 된다. 그가 죽고 없어진 자리에 피어난 꽃이 바로 수선화다. 그래서 수선화는 '자기애, 자존심, 고결, 신비' 등의 꽃말을 갖고 있

나의 아름다움을
　　의심하지 말아요.

다. 나르시스 같은 결말은 피해야겠지만 자신을 아름답게 보는 것도, 자신을 사랑하는 것도 누구에게나 필요한 일이다.

수선화를 고른 또 다른 이유는 영화 〈빅 피쉬〉 때문이다. 영화에 노란 수선화가 기숙사 앞 교정을 가득 채운 장면이 나온다. 사랑하는 여자의 마음을 얻기 위해 그녀가 가장 좋아하는 수선화를 남자가 밤새 심어둔 것이었다. 아침에 창문을 열어 눈 앞에 펼쳐진 수많은 노란 수선화를 보고 여자는 깜짝 놀란다. 이 많은 꽃을 어디서 구했냐는 물음에 모든 꽃집에 전화해서 결혼하기 위한 유일한 방법이라고 요청했다고 남자는 대답한다. 여자가 본인에 대해 잘 모르지 않냐고 되묻자, 남자는 남은 삶 동안 천천히 알아가면 된다고 답한다.

얼마나 근사한 장면이었는지. 남은 삶 동안 천천히 알아가겠다는 남자의 말처럼, 우리 자신의 아름다움도 사는 동안 천천히 알아가면 되지 않을까? 세상에는 적어도 세계 인구수만큼의 다양한 아름다움이 있을 것이다. 살아가는 순간순간 그 아름다움을 발견해 나간다면, 우리의 엔딩은 자신을 사랑해

죽음을 맞이한 비극의 나르시스가 아닌, 영화처럼 노란 수선화밭 가운데서 행복한 미소를 짓는 모습이 될 것이다.

또 다른 꽃인 스토크는 비단향꽃무라고도 불리는데, '영원한 아름다움'이라는 꽃말을 지니고 있다. 유럽 일대에서 자생하는 꽃으로 연보라색, 연분홍색, 연노란색, 흰색 등 다양한 색으로 핀다. 프랑스에서는 남성이 이상형의 여성을 만나면 '절대로 바람을 피우지 않겠다'는 다짐의 뜻으로 이 꽃을 모자 속에 넣고 다녔다고 한다. 그래서인지 '영원한 사랑'이라는 꽃말도 지니고 있다.

모든 꽃이 향을 내는 것은 아니다. 어떤 꽃은 유난히 향을 내뿜지만, 어떤 꽃은 코를 박고 향을 맡으려 애써도 아무 향도 안 날 때가 있다. 스토크는 한 송이만으로도 은은한 향을 즐길 수 있는 꽃이다. 꽃잎도 크거나 화려하지 않다. 살짝 처진 꽃잎은 힘없어 보이기도 한다. 이렇게 작고 약한 꽃들이 한 줄기에 옹기종기 모여 나름의 예쁨과 향을 발산한다. 지친 하루를 끝내고 아무도 없는 텅 빈 방에 들어와 한숨을 들이쉬다 얼결에 맡는 스토크의 향은 그 자체로 위로다.

자신의 아름다움을 의심하지 말자. 세상이 만들어놓은 기준에 나를 맞추려 애쓰지도 말자. 무언가 해야 한다면, 하고 싶다면, 내가 가장 먼저 해야 할 것은 나의 내면에 귀를 기울이는 일이다. 이 디자인의 주인이 된 분이 자기가 정말 좋아하는 것들을 더 자신 있게 해내고 받아들이기 위해 노력하는 것처럼 말이다.

자신을 인정하고 사랑할 때, 내 안에 나를 향한 자신감이 충만할 때 우리는 내면에서부터 자기만의 향기를 내뿜는다. 그렇게 영원히 시들지 않을 아름다움으로 가득 찬 자신을 만나게 된다.

꽃 시장에 갈 때마다 새로운 꽃들을 만난다. 색도, 품종도 끊임없이 다양해지고 있다. 하나로 규정지을 수 없는 것들이 계속해서 생겨나다 보니 꽃말이 없는 꽃들도 세상에 많다. 누가 지어낸 것인지 알 수 없는 것들을 따르지 않고 내가 스스로 만들어내서 살아갈 수도 있고, 기존의 것을 내가 변화시킬 수도 있다.

하나의 틀이나 단어 안에 나를 맞추지 않아도 괜찮다. 세상이 규정한 대로 살아가지 않아도 된다. 어떤 방향을 따라가든, 어떤 모습을 선택하든 나의 아름다움을 의심하지 않았으면 좋겠다. 스스로에게 당당한 사람만큼 근사한 사람도 없다.

행복할 필요는 없지만
불행할 필요도 없어요

　　　　　　　　　내 특기는 딴짓하기다. 집중력도
좋지 않으면서 항상 두 가지 이상의 일을 동시에 한다. 요즘도
일과 학업으로 바쁘지만 종종 원데이클래스에 참여하면서 취
미로 삼을 만한 일이 없을까 기웃거린다. 대학생 때는 한동안
민화에 빠져 채색화를 배웠었다.

　　민화는 그려 넣는 소재마다 의미가 다양하다. 포도와 석류
는 다산을, 모란은 부귀를, 원앙은 부부의 애정을 의미한다.
옛날 사람들은 사물에 자신의 소망을 담아 그림을 그렸다. 작

화 방식도 재밌다. 가루를 곱게 빻아 물에 타서 아주 옅은 농도의 색부터 칠하고, 마를 때까지 기다렸다가 차곡차곡 색을 쌓아 올려야 한다. 그 시간과 기다림을 참지 못하고 욕심을 부려 다른 색을 칠해버리면 종이에 보풀이 생겨서 그림을 망치게 된다. 시간을 거듭하면서 쌓아 올리는 방식이 자연의 성장과 닮았다. 쫓기듯 살아온 내게 민화 그리기는 시간을 기다리는 여유와 여백을 쌓아가는 맛을 알려주었다.

나의 첫 민화 작품은 모란이었다. 모란의 이름은 꽃의 색처럼 붉을 란丹에 굵은 뿌리 위에서 새싹이 돋아나는 게 수컷의 형상을 닮았다고 해서 수컷 모牡가 붙어 만들어졌다. 민화에서 모란은 부귀와 행복을 상징하는 꽃이다. 모란의 꽃말 역시 '부귀영화'다. 그래서인지 선비들의 소박한 소망을 담은 책거리에도 부귀와 공명을 염원하는 모란이 자주 등장하고, 왕비나 공주처럼 귀한 신분의 여인들 옷에도 모란 무늬가 사용되었다.

어떤 존재에 담긴 의미를 발견하고 그리는 일을 좋아하게 된 건 민화 덕분이다. 지금 내가 하는 꽃 처방도 민화와 제법 닮았다. 사람들의 소망을 꽃에 담아 그리고, 색을 하나씩 쌓아 올리며 그 소망이 이뤄지길 바란다.

어느 날, 허벅지에 흉터가 있는 분이 나를 찾아오셨다. 그분은 마음의 아픔을 겪고 있었다. 나도 아는 아픔이었다. 상처를 볼 때마다 과거를 후회하게 돼서 보기 싫다고 하셨다. 나는 그분을 위한 모란을 그리기 시작했고, 그분은 꽃 처방의 의의를 다시 한번 상기해 주었다.

"실제로 상처를 내려고 할 때는 대부분 정신을 못 차릴 때가 많은데, 상처 위에 새긴 꽃이 마치 '멈춤 버튼' 같아요. 마치 이 꽃들이 내가 더 격해지지 않게 도와줘요. 상처가 있는 분들, 자신을 제어할 수 없는 상황을 종종 겪는 분들에게 그런 버튼이 하나씩 있으면 좋겠어요. 가라앉은 기분을 전환해 주는 버튼이요. 저는 그 방법으로 타투를 택했지만, 저마다 자기에게 맞는 방법을 찾으면 좋겠어요."

행복할 필요는 없지만

불행할 필요도 없어요.

우리가 꿈꾸는 부귀영화는 사실 거창한 게 아니다. 무탈하고 무해한 하루. 그런 하루하루가 쌓이는 즐거움. 그뿐이다. 하루가 행복으로 가득 차지 않아도 불행하지만 않다면 그것대로 괜찮은 삶이다. 행복의 반대말은 불행이 아니다. 이 세상을 흰색과 검은색, 두 가지로만 나눌 수 없는 것처럼 우리 삶도 다채로운 감정과 기분으로 채워진다. 애써 행복해지려고 발버둥 치면서 힘들어하기보다는, 몸에 바짝 들어간 긴장을 빼고 나를 위한 기분전환 스위치를 마련해 보면 어떨까.

'~해야만 한다'라는 당위성은 오히려 우리를 옭아맨다. 심리학자 앨버트 엘리스는 인간은 반드시 따라야 할 명령인 '당위적 요구'를 스스로 만들어내고, 그에 부응하지 못하면 강렬한 부정적 감정을 유발해 자기 파괴적인 결과를 초래한다고 말한다. 스스로 '인생은 행복해야만 가치가 있다, 높은 지위나 사회적으로 존경받는 직업을 가져야만 행복해질 수 있다, 사랑을 받아야 행복한 사람이다' 같은 당위적 요구를 만들어내서 자신을 몰아붙이는 건 아닐까.

지금 행복하다고 느끼지 않아도 괜찮다. 그렇다고 내 인생이 잘못된 것이 아니다. 내가 실패자이거나 불행한 사람이어서가 아니다. 그냥 가끔은 흘러가는 대로 삶의 흐름에 몸을 맡긴 채 불확실한 현재에서 내가 할 수 있는 작지만 확실한 것들에 집중해 보자. 그럼 삶이 조금은 더 여유로워지고, 나에게 더 너그러워질 것이다.

타인의 감정까지
떠안을 필요 없어요

미움받을 용기가 부족했다. 어
릴 때부터 타인의 평가와 시선에 민감했고, 나 때문에 누군가
가 불편하거나 불쾌한 감정을 느낄까 봐, 누군가가 나에게 화
를 내거나 부정적인 감정을 표출할까 봐 전전긍긍했다. 거절
하는 것은 물론이고 버거운 관계를 끊어내는 것도 힘들었다.
이 관계가 나를 망치고 있다는 걸 알면서도 상대의 반응이 두
려워 상대가 먼저 끝을 말해주기만을 기다린 적도 있다.

안 좋은 사건을 겪고 관계를 겉돌며 방황하던 시기가 있었

다. 사회생활조차 불가능할 만큼 우울증이 심했던 그때에는 내가 가진 마음의 병을 숨기고만 싶었다. 누군가가 내게 무슨 약을 먹는 거냐고 물어보면 "목이 아파서", "그냥 감기야"라고 둘러댔다. 본가에 가는 날에는 가족들이 모두 잠들 때까지 기다렸다가 몰래 약을 먹곤 했다.

"그런 건 의지로 극복해야지."
"너보다 힘든 사람도 많아."

그런 말들을 듣고 싶지 않았고, 연민의 눈초리나 차별의 시선도 받고 싶지 않았다. 그래서 최대한 아무렇지 않은 사람인 척, 유별나거나 튀어 보이지 않으려 애썼다.

하지만 뜻대로 되는 건 없었다. 이후 식이장애까지 겪으면서 평생을 유지해 오던 몸무게를 훌쩍 넘어 급속도로 살이 찌기 시작했다. 그런 내 모습을 보고 사람들이 뭐라고 생각할까? 뚱뚱한 사람에게 '자기 관리 안 하는 사람, 게으른 사람'으로 낙인찍는 이 사회에서 사람들이 날 보며 뭐라고 수군댈까? 그런 생각이 들기 시작하자 문 밖으로 나서는 일이 점점 어려워졌다.

다른 사람들이 나를 어떻게 생각할까, 속으로 나를 욕하지 않을까, 다들 행복한데 나는 왜 이렇게 힘들기만 할까, 끊임없는 생각의 꼬리들이 나를 따라다녔다. 외모, 행동, 말투, 직업. 이제는 내가 누군지, 내가 어떤 사람이었는지조차 생각나지 않을 정도로 타인의 시선과 기준에서 나를 끝없이 검열했다.

"네가 한 말이나 행동에 대해 판단하고 반응하는 감정은 그 사람의 몫이야. 너는 그 사람이 화를 내라고 의도한 게 아니잖아? 그 사람은 충분히 다른 방향으로 판단하고 반응할 수도 있었어. 그냥 너는 너의 의사를 전달하면 되는 거야. 상대가 어떤 반응을 하면, 저 사람은 저걸 그렇게 받아들이는구나, 그 사실만 인지하면 돼. 상대의 감정까지 네가 떠안을 필요 없어."

사람들의 반응이 두렵다는 나의 말을 들은, 내가 평소에 믿고 따르던 언니의 대답이었다. 언니의 말이 맞았다. 타인의 감정과 반응까지도 내가 처리해야 하는 나의 감정으로 받아들여 왔다. 우선시해야 하는 내 마음과 감정을 제쳐둔 채 타인의 반응과 평가에 더 민감하게 반응하며 나를 지켜주지 않은 것이다.

그 이후로 나의 감정과 타인의 감정을 떼어놓고 생각하는 법을 조금씩 연습하고 있다. 있는 그대로의 나를 받아들이는 법을 조금씩 알아가고 있다. 애써 괜찮은 척하기보다는 "저도 힘들고 부족한 사람입니다"라고 소리 내어 말하자 밖으로 나가는 것이 예전처럼 두렵지 않아졌다. 그리고 나는 더 많은 경험을 할 수 있게 되었다.

어느 날, 나와 비슷한 시간을 보낸 어떤 분이 나를 찾아오셨다. "사람들의 시선을 지나치게 신경 쓰다 보니 외모 강박이 심해져 음식에 대한 두려움이 커졌어요. 그게 오히려 스트레스성 폭식으로 이어지면서 다음 날 0.1그램이라도 찌면 절망 속에서 하루를 보내기도 했어요. 그사이에 상담 공부를 하게 되었는데, 비로소 내가 나를 방치하고 있다는 사실을 깨달았어요. 그 이후로는 의식적으로라도 '예뻐야 할 필요 없다'라고 생각하면서, 저의 장점을 찾으려 노력 중이에요." 이제라도 자신이 원하는 것에 솔직해지고, 당당하게 살아가고 싶다는 그녀에게 나는 앵초와 프리뮬러를 처방해 주었다.

앵초는 분홍빛의 하트 모양 꽃잎 다섯 장이 모여 작은 꽃을 이룬다. 앵두꽃과 벚꽃을 닮아 앵초라는 이름이 지어졌다. 앵초는 여러 가지 꽃말을 지니고 있는데, 그중 '비할 바 없는 아름다움'을 그녀에게 전해주고 싶었다. 프리뮬러는 앵초과의 식물로, '청춘의 희망'이라는 꽃말을 지녔다. 프리뮬러 Primula는 라틴어로 '제일 먼저'라는 뜻이다.

남들의 시선에 맞추느라 스스로를 힘들게 했다는 그녀에게서 지난날의 내가 보였다. 우리는 저마다 있는 그대로 비할 바 없이 아름다운 존재인데, 삶 속에서 자꾸만 그 사실을 잊게 된다. 우리 안에 깃든 희망을 잊지 않고 나를 제일 먼저 생각한다면, 우리도 이 꽃처럼 언젠가 활짝 피어나지 않을까?

"나를 받아들이고 인정하겠다고 생각한 후로 삶이 많이 달

타인의 감정까지
떠안을 필요 없어요.

라졌어요. 원래는 사람들 앞에서 불안하거나 우울한 기색을 감추느라 힘들었는데, 생각을 바꾸니 한결 편안해졌어요. 즐겁게 살 수 있게 되었어요." 앵초와 프리뮬러를 받아간 분이 건넨 마지막 인사였다.

심리학자 윌리엄 글래서의 선택이론에 따르면 불행과 갈등을 비롯하여 인간의 모든 것은 자기 스스로 선택한다. 다른 사람은 나를 감히 불행하거나 비참하게 만들 수 없으며 우리를 행복하게 할 수도 없다. 오직 나만이 지금의 내 감정까지 선택할 수 있다.

사회의 기준이나 사람들의 시선이 아닌, 내 진짜 속마음이 향하는 대로 용기를 내보자. 오늘 당신은 행복과 불행 중 무엇을 선택할 것인가?

좋아하는 것을
더 좋아해 봐요

어릴 때부터 지금까지, 나는 내가 좋아하는 일만 열심히 했다. 학생 때는 문학이 너무 재밌어서 수학 시험 전날에도 문학 교과서를 보는 바람에 친구들 사이에서 내일 문학 시험이냐는 혼란을 빚기도 했다.

하고 싶은 일을 하려면 하기 싫은 일도 해야 한다는 어른들의 잔소리는 내가 어른이 되어서도 듣지 않았다. 심리학과를 졸업했지만 인디 음악이 좋아서 공연기획 일을 했고, 그마저도 회사가 시키는 업무가 내키지 않거나 상사가 갑질을 하면

곧장 그만두었다. 여성영화제와 제천영화제 스태프로 좋은 동료들과 신나게 일했던 때를 제외하면 대부분 몇 개월을 버티지 못했다. 취업과 퇴사를 반복하는 나에게 엄마는 "넌 뭐가 되려고 그러니?"라고 자주 물으셨다. 내가 할 수 있는 대답은 언제나 "나도 몰라".

정말 몰랐다. 내가 무엇을 하고 싶은지, 무엇을 재미있어 하는지 아무것도 떠오르지 않았다. 뭐 어떻게든 되겠지 싶다가도 내심 불안했다. 인생의 방관자인 듯 아닌 듯 찝찝하게 살아가던 중, 우연히 어느 타투이스트를 알게 됐다. 그분의 작업을 보는 순간 내 안에서 '나도! 나도!' 하며 기쁨의 탄식과 비명을 질렀고, 그렇게 하고 싶은 일과 좋아하는 일을 다시 찾게되었다. 하지만 무작정 "저의 스승님이 되어주십시오!" 하고 찾아갈 수는 없었다. 다른 곳에서 먼저 타투와 그림을 배우면서 그분을 예의주시했다. 기다림 끝에 기회가 찾아왔고, 그분의 제자가 될 수 있었다.

때마침 동네에 작은 꽃집이 생겼는데 다른 꽃집에서 볼 수 없는 꽃들이 많아서 꽃구경 하는 재미가 있었다. 꽃이 좋아지자 꽃으로 할 수 있는 다른 일들을 찾게 됐다. 꽃 관련 수업을 듣고 책을 읽고, 꽃 그림을 더 자주 그렸다. 그림을 그릴수록 더 예쁘게 그리고 싶었고, 심지어는 나만의 꽃을 만들고 싶어졌다. 그 시간이 쌓여 지금의 꽃 처방이 탄생하였다.

좋아하는 것만 하면서 살 수 없다고들 말한다. 맞는 말이다. 하지만 이 말에는 전제가 붙는다. 대충.

좋아하는 걸 대충 해서는 좋아하는 것만 하면서 살 수 없다. 취업과 퇴사를 반복하던 나도 좋아하는 일 앞에서만큼은 몸을 사리지 않았다. 내가 진짜 좋아하는 일을 하면, 야근도 기꺼이 하게 되고 시행착오 끝에 얻는 배움도 달게만 느껴진다. 그렇게 일한 곳에서는 떠날 때도 늘 동료들에게 웃으며 배웅을 받았고, 지금까지도 연을 이어오고 있다.

좋아하는 일을 하는 요즘에도 그렇다. 더 좋은 결과물을 내기 위해 시간이 허락하는 한 꽃과 그림 공부를 놓지 않는다.

좋아한다는 것은 좋아하니까 더 많이 보고 싶고, 알고 싶고, 잘하고 싶고, 최선을 다하고 싶은 마음이다.

프리지아는 붓꽃과의 여러해살이 구근 식물로 200여 년 전 남아프리카 희망봉 지방에서 처음 발견된 꽃이다. 꽃 시장에서 프리지아 향이 나는 순간 봄이 왔음을 직감한다. 프리지아의 꽃말은 '새로운 시작을 응원해, 천진난만, 자기자랑, 당신의 앞날을 응원합니다' 등이 있다. 봄의 시작을 알리는 프리지아로 자신이 좋아하는 일에 도전하는 이들을 응원하기 위해 이 디자인을 작업했다.

좋아하면 누가 뜯어 말려도 온통 그것에 마음이 향하고, 누가 시키지 않아도 그것에 최선을 다할 수밖에 없다. 만약 지금 하는 일에 최선을 다할 여력이 없거나 그걸 더 알고 더 잘하고 싶은 마음이 들지 않는다면, 내가 진정으로 좋아하는 일이 아닐 수 있다. 나를 내일로 이끌고 가주는 일이 무엇인지, 어떨 때 나는 내일 아침이 기대되었는지 생각해 볼 시간이다.

좋아하는 것을
더 좋아해 봐요.

나를 하나의 역할에
가두지 말아요

대학교 전공 수업시간, 교수님께서 각자 종이에 '나'에 대해 설명하는 문장을 '나는 학생이다'와 같은 형태로 써보라고 하셨다. 누군가는 막힘없이 열 개 이상을 써 내려갔고, 누군가는 고민하면서 다섯 개도 적지 못했다. 물론 나는 후자였다.

교수님께서는 '나'에 대한 정의가 많을수록 좋다고 하셨다. 내가 작성한 수만큼 나라는 존재가 있어서 그중 하나의 내가 사라진다고 해도 다른 나로 충분히 살아갈 수 있기 때문이다.

그때부터 나는 단 하나의 독보적인 존재가 되어야 한다는 생각을 버렸다. 그 전에는 내가 미술을 한다면 그 분야의 최고가 되어야만 의미가 있고, 내가 심리학을 공부하면 그 분야의 저명한 실력자로 이름을 알려야만 한다고 생각했다. 그래서 다른 것들은 모두 버린 채 그것에만 온 정신을 쏟아부으며 살았고, 목표를 이루지 못하면 나라는 존재는 아무 의미 없다고 여겼었다. 비정상적인 신념과 역할 속에 나를 가두었다.

그렇다고 매사에 대충이고 여기저기 발을 걸치며 살아가라는 의미는 아니다. 단지 나를 하나의 틀에 가둬 둘 필요는 없다는 것이다. 나는 학생이자 우리 엄마의 딸, 서울 시민, 타투이스트이다. 꽃꽂이 수업을 받을 때 가장 행복한 나, 수묵화를 배우는 나, 방탄소년단을 좋아하는 나… 나는 무한대로 존재한다. 학업에 지친 나는 꽃 수업으로 마음을 환기시키고, 일에 지칠 땐 방탄소년단의 노래를 들으며 힘을 낸다. 내가 나에게 힘을 나눠주는 것이다.

한 여성분의 메시지를 받았었다. "누군가의 아내, 누군가의 엄마로 사는 동안 나는 없어진 기분이에요. 여러 일을 겪으면서 자존감이 많이 떨어졌는데, 요즘은 내가 어떤 사람이었는지 생각하는 시간을 보내는 중입니다. 나를 아껴주고, 나에게 용기를 주기 위해 상담도 받기 시작했고, 꽃 처방도 그래서 찾게 되었어요."

나는 백합과 납매가 떠올랐다. 백합은 우리가 흔히 볼 수 있는 꽃 중 하나다. 짙은 향기와 아름다운 품위 덕분에 신부 부케로도 자주 쓰인다. 백합의 꽃말은 '순결, 변함없는 사랑'. 자신을 아끼고 사랑하고 싶다는 그분의 바람을 담아 늘 변함없이 순수하게 자신을 사랑하라는 의미에서 이 꽃을 골랐다.

백합은 내 추억 속의 꽃이기도 하다. 생애 처음으로 누군가에게 선물 받은 꽃이었다. 어릴 때 나는 자주 몸이 아프곤 했는데, 예닐곱 살 때 유치원 학예회를 앞두고 고열과 편도선염 때문에 병원에 입원했던 적이 있다. 그때 내가 제일 좋아했던 선생님께서 백합 한 다발을 사서 병문안을 오셨는데, 그때의 기쁨과 온기를 여전히 잊지 못한다.

나를 하나의 역할에

가두지 말아요.

하얀 백합은 혼자서도 우아함을 자랑하지만, 다른 유채색 꽃들과도 잘 어우러진다. 자유로운 이 백합처럼 어떤 주변 환경에서 어떤 옷을 입든 나라는 존재는 사라지지 않을 거라고, 말하고 싶었다.

같이 엮은 납매는 겨울에 피는 노란 꽃이다. 가는 줄기가 여러 갈래로 나는 낙엽 관목의 일종인데, 1~2월에 잎이 나오기 전에 옆을 향하여 꽃이 핀다. 그 향이 참 좋다는데, 어떤 향인지 실제로 꼭 한번 맡아보고 싶다. 꽃자루 없이 나무에 붙어 피고, 꽃은 양초를 얇게 밀어 만든 것 같은 특이한 질감을 가지고 있다. 이러한 납매의 꽃말은 '자애(慈愛, 아랫사람에 베푸는 사랑)'이다.

자애는 '제 몸을 스스로 아낀다(自愛)'는 뜻도 있는데, 나는 이 의미를 전하고 싶었다. 철학적 의미에서 자애는 '자기 보존의 본능이며 인간에게 갖추어진 것으로, 자기의 행복과 이익을 추구하는 성향'이다. 겨울에 피어나는 강인함, 노란색이 주는 따뜻함을 통해 스스로 아끼는 마음을 가지시길 응원하고 싶었다.

처음 이 세상에 태어났을 때는 그저 세상에 존재하는 것만
으로 충분했는데, 한 살씩 나이를 먹을수록 나를 지칭하는 것
들이 많아지고 있다. 그 안에서 분명 즐거움과 보람도 느끼지
만, 때때로 찾아오는 혼란은 피할 길이 없다. 여기는 어디, 나
는 누구인가. 딱 이런 상태다. 나를 정의하는 것들, 내가 해내
야 하는 역할들이 늘어나다 보니 우선순위를 두고 갈등하게
되고, '이게 원래 나였나?' 하는 의문이 드는 것이다.

혹시나 서두에서 말했던, 자신에 대한 정의가 많지 않아서
걱정하는 분들이 있다면 그 또한 기우다. 어떤 역할로만 나를
정의할 수 있는 건 아니다.

꽃을 좋아하는 나, 파란색을 좋아하는 나. 나를 정의할 수
있는 요소들은 얼마든지 많다. 대학생 때 내가 나에 대해 정의
내리지 못했던 것은 나에 대해 깊게 생각해 본 적이 없었기 때
문이다. 스스로에 대해 애정을 가지고 들여다본 적도 없었기

에 나에 관해 서술할 수 없었다.

　나를 알고 이해하고 사랑하기 위한 첫 번째 과정은 자신을
마주 보는 시간을 가지는 것이다. 스스로에 대해 궁금해하고,
자신의 어두운 부분까지 받아들일 용기만 있으면 충분하다.
그럼 평소의 모습부터 처음 보는 모습, 보듬어줘야 하는 아픈
부분들, 더 키워나가야 할 나의 장점들까지 다양한 자신의 모
습들을 발견할 수 있다. 불필요한 역할이 있다면 과감히 버려
도 좋다. 소중한 나를 위해서 말이다.

　그렇게 나를 하나씩 발견하고, 우선순위를 챙겨 나가면서
더 견고해질 수 있다. 하나의 가지에 여러 송이의 꽃들이 모여
더 많은 향기를 뿜어내듯이, 나로 가득 찬 내면은 나를 더욱
빛나게 만들어줄 것이다.

위로는
조용히 머물러요

　　　　　　내 주변의 누군가가 힘든 시간을
보내고 있다면, 우리는 어떻게 위로해 주는 게 좋을까?

　마음이 아플 때 사람을 점점 더 피하게 되는 이유 중 하나는
사람들의 태도 때문이다. 주변 사람들이 생각 없이 내뱉은 한
마디가 큰 상처가 될 때가 많다. 상처를 치료하기 위해 상담소
나 병원을 찾았다가 도리어 상처받고 오는 경우도 종종 있다.
누군가가 심적으로 힘들어한다면 어떤 말로 위로하거나 조언
하려 애쓰지 않아도 된다. 상대가 먼저 이야기를 꺼내지 않는

이상 굳이 캐묻거나 들추지 않는 것도 하나의 배려다. 침묵은 어쩌면 가장 좋은 위로일지 모른다.

많은 사람들이 상대의 어려움에 내가 반드시 조언을 해줘야 한다는 책임감에 사로잡히곤 한다. 힘든 순간을 보내는 사람에게 필요한 건 해결책 제시가 아닌 작은 공감이다. 그리고 혼자가 아니라는 느낌이다. 소란하거나 거창한 말이 아닌 작은 배려와 따뜻한 침묵, 기다림 속에서 전해지는 조용한 힘의 가치가 있다.

누군가는 우울증을 마음의 감기라고 하지만, 실상 우울증을 대하는 태도를 보면 그렇지 않은 것 같다. 우리는 감기에 걸린 사람에게 "너만 아픈 거 아니야"라고 하지 않는다. 하지만 우울증에 걸린 사람에겐 "너만 힘든 거 아니야"라고 쉽게 말한다. 기침하는 사람에겐 "약 챙겨 먹고 잘 쉬어"라며 다정을 베풀면서, 마음이 아픈 사람에겐 "그건 의지의 문제야"라며 다른 태도를 보인다.

내가 힘들 때 가장 도움되었던 것은 그냥 변함없이 똑같이 대해주고, 변함없이 곁에 있어 주는 사람들이었다. 어떤 편견도, 판단도, 조언도 없이 그냥 여전히 똑같은 나로 대해주는 사람들. 누군가를 소중히 생각한다는 건 그런 게 아닐까? 상대가 어떤 상황에 부닥쳤든, 어떤 상태에 놓였든 있는 그대로 바라봐 주는 것.

마음의 아픔으로 몸에 흉터를 냈던 분이 나를 찾아오셨다. 힘들었을 때 곁에서 힘이 되어준 사람이 있는데, 그를 항상 기억하면서 더 이상 자신에게 상처 주지 않는 사람이 되고 싶다며 다짐의 의미로 흉터 위에 꽃을 새기고 싶다고 하셨다.

나는 피튜니아를 골라드렸다. '당신과 함께 있으면 편안해집니다.' 피튜니아의 꽃말이다. 여름을 알리는 화단용 일년초로, 나풀거리는 꽃잎이 단순한 모양이지만 다양한 색감을 지녀 오랫동안 봐도 지루하지 않은 꽃이다. 튀지 않고 그저 평범하게 곁을 지켜주는, 나를 편안하게 해주는 존재가 바로 그분의 소중한 사람 같았다.

피튜니아를 고르고 그리면서 나의 지난날을 돌아보았다. 부산에서 나고 자라 스무 살 때 처음 서울로 올라왔다. 스무 살 이전의 친구들은 부산에, 스무 살 이후의 친구들은 서울에, 이렇게 인연이 나눠졌다. 혼자 서울살이를 하며 방황할 때마다 부산과 서울을 자주 오가다 보니 중간에 연락이 끊긴 사람들도 있다. 그래서 지금까지 인연을 이어가고 있는 사람들에게 고마움이 크다. 모두 나에게 피튜니아 같은 사람들이다. 오래 보아도 지루하지 않고, 함께 특별히 무언가를 하지 않아도 의미 있고, 대화가 끊어져도 불편하지 않은 나의 사람들.

내가 제일 힘들었던 시기에도 그들은 그렇게 머물러 주었다. 괜찮냐고 괜히 유난스럽게 묻지 않았고, 평소처럼 일상을 공유해 줬다. 뜬금없는 순간에 내가 갑자기 울음을 터트려도 당황하지 않고 그냥 눈물이 그칠 때까지 담담히 기다려줬다. 그들은 나에게서 이유나 원인을 찾으려 하지 않았다. 어떤 해결책을 제시해 줘야 한다는 의무감도 가지지 않았다. 그저 자신의 자리에 그대로 있어 주었다. 내가 그들을 향해 돌아보았을 때 언제나 자신을 찾을 수 있도록.

위로는 조용히 머물러요.

삶에서 가장 힘들었던 실패를 경험하고 본가에서 틀어박혀 지낼 때였다. 대부분의 사람과 연락을 끊고 지내고 있었다. 매년 서로의 생일을 챙기고, 명절이면 안부를 묻던 고향 친구가 내 상황을 알고 나서는 어느 날 "밥 먹었나?" 하며 전화를 걸어왔다. 이런 식의 일상적인 통화들이 1분 남짓하게 이어졌다.

그 날도 그랬다. 응, 아니, 그랬지 같은 담담한 대답만 하다가 친구의 실없는 농담에 피식 웃음이 나왔다. 그러자 친구가 "이제야 웃네"라며 작게 흘러 말했다. 그 통화를 끝내고 한참을 울었다. 내가 평소처럼 웃을 때까지 그저 아무 말 없이 한참을 기다려 준 것이다. 재촉하지 않고, 어떤 미사여구도 붙이지 않은 그 아이의 위로는 태어나 경험한 것 중 가장 따뜻한 위로였다.

훗날 내 곁의 누군가가 힘들어한다면, 힘내라고 등을 밀어주기보다 기꺼이 그림자가 되어주고 싶다. 진짜 위로는 조용히 머무는 법이니까.

사랑을
사랑하세요

     어느 때보다 혼란한 세상을 살아가는 우리에게 지금 필요한 것은, 아마도 사랑이다.

 흰 마가렛과 붉은 튤립 이야기를 들려주고 싶다. 마가렛은 서양들국화인 데이지의 한 종류다. 사랑한다, 사랑하지 않는다, 사랑한다, 사랑하지 않는다… 꽃잎을 하나씩 떼어가며 사랑을 점치는 그 꽃이다. 꽃말도 '진실한 사랑, 사랑을 점치다'이다.

튤립은 많이 봤을 것이다. '사랑의 고백, 영원한 애정'이라는 꽃말을 지닌 튤립은 한때 욕망과 투기의 대상이었다고 한다. 네덜란드의 국화國華로 유명한 튤립의 원산지는 터키다. 16세기 후반 유럽 전역으로 퍼졌는데, 이색적인 모양으로 귀족과 대상인들 사이에서 크게 인기였다. 자연스레 신분 상승의 욕구를 지닌 사람들도 튤립을 선망하게 됐고, 황소 1천 마리를 팔아야 튤립 구근 40개를 살 수 있을 정도로 값이 비싸졌다. 튤립만 있으면 벼락부자가 될 수 있다는 환상에 빠진 사람들이 늘면서 급기야 투기의 대상이 되었다.

욕망의 상징이었던 튤립이 어떻게 사랑의 상징으로 변했을까? 사랑 역시 욕망의 하나여서일까? 나는 어떤 사랑을 좇고 있는지 고민하며 마가렛과 튤립을 함께 그려봤다. 꽃잎을 하나씩 떼어가며 '사랑한다, 사랑하지 않는다' 점치던 순수한 설렘이 점차 욕망으로 변해버리는 과정과 우리가 말하는 사랑의 형태는 무엇인지 궁금했다.

신형철 작가 《정확한 사랑의 실험》에서 그 힌트를 얻었다.

작가는 사랑과 욕망의 주된 차이가 상대방에게 '있음'을 원하는지, 상대방에게 '없음'을 원하는지에 있다고 본다. 상대방에게 있는 것을 원해서 그 사람을 선택한다면, 그것이 사라졌을 때 더 이상 그에게서 얻을 수 있는 게 없어 실망한 채 그의 곁을 떠나게 될 것이다. 반대로 상대방에게 없는 것을 좇는다면, '없음'은 영원히 없어지지 않으므로 우리는 영원히 이별할 일이 생기지 않는다. 서로의 빈 공간에 퍼즐 조각을 끼워 맞추듯 우리를 하나의 단단한 사랑으로 묶어주는 것은 '없음'을 알아차리고 받아들이는 데에서 시작된다.

우리는 여태껏 무엇을 사랑한다고 말하면서도 사랑이 아닌 다른 것을 좇고 있었을지도 모른다. 나는 어떨까. 무엇이 되었든 진정으로 사랑하고 있을까.

우리는 '있음'에 온 신경을 쏟는다. 비싼 명품 가방, 외제차, SNS에 자랑하고 싶은 근사한 식당에서의 저녁 시간. 내가 가진 것과 남이 가진 것을 비교하느라 바쁘다.

무언가로 나의 있음을 과시하는 대신 나의 없음을 드러내고 그 공간에 누군가를 초대할지는 나의 선택에 달렸다. 나의 부족이 만들어낸 공간에 따뜻한 봄바람이 들어올 수 있을 때, 나를 사랑하고 남을 사랑하는 일이 비로소 가능해진다.

내가 갖지 못한 것을 바라는 욕망이 아닌, 서로의 결여로 만들어낸 사랑을 찾고 싶다. 내 곁에 아무도 없다고 느껴질 때, 함께 밖으로 나가 길가에 핀 꽃의 아름다움을 나누고, 불어오는 바람을 느끼며 풍경을 즐기고 싶다. 그렇게 서로의 빈자리를 채워주고 싶다. 무향, 무취, 무색의 세상도 함께라면 무의미하진 않을 테니까.

사랑을 사랑하세요.

Part.2

새로운 시작이
두려운 당신에게

오늘 웃으면 어제의 시련은
오늘 웃기 위해 있었던 작은 해프닝이 된다.

나쁜 기억은
행복의 밑으로 보내요

반려동물과 함께 인생을 나눠본 사람들은 믿을 것이다. 천국에 가면 먼저 간 반려동물이 마중 나와 있다는 말을. 아마 반려동물을 먼저 떠나보내고 남은 주인들은 이 말만 생각하면서 훗날 그들을 만날 희망으로 여생을 살아가는지도 모른다. 지금의 나처럼.

서울로 대학을 오면서부터 우리 집 아이를 보기가 힘들어졌다. 방학 동안 집에 내려가 있을 때 외에는 사진이나 영상으로 보는 게 전부였다. 그 아이는 슈나우저였는데, 보통 중형견의 기대 수명이 13~14세인 것에 비해 훨씬 짧은 생을 살다가 갑자기 무지개다리를 건넜다. 마지막 모습도 보지 못한 채 떠나보내서 그런지 슬픔의 무게가 이루 말할 수 없었다.

처음에 부모님은 반려동물 들이기를 반대했었다. 동물을 좋아하지 않으시기도 하고, 무엇보다 가족 모두가 사회생활을 하다 보니 하루 종일 집에서 그 아이를 돌봐줄 사람이 없었다. 하지만 백색증으로 인해 다른 강아지와 코 색깔이 다르다는 이유로 이미 한 번 파양당한 아이였기에 또 한 번 상처를 주고 싶지 않아 부모님을 계속해 설득했다.

그 아이가 우리 집에 처음 왔을 때 나는 수험생이었다. 수험 생활이 끝나고 서울로 올라갔기에 우리가 함께 보낸 시간보다 떨어져 보낸 시간이 더 많았다. 하지만 내가 가장 힘들었던 순간순간에 그 아이가 있었고, 덕분에 견딜 수 있었다. 재수 생활을 할 때 막연한 불안감을 느끼다가도 잠깐의 쉬는 시간 동안 그 아이를 안고 있으면 그 자체로 모든 게 괜찮아졌었다.

부모님이 마음을 바꾸신 이유도 나의 변화 때문이다. 나는 고3 때 학교 끝나고 집에 오면 아무 말 없이 방에 들어가서 방문을 닫고, 다음 날 아침이 되어야 나와서 밥을 먹고 또 말없이 나가기만 했다. 그런데 그 아이가 온 후로는 가족들한테 강아지에 관해 먼저 말도 붙이고, 거실에서 웃으면서 시간을 보냈었다. 그 모습에 부모님도 반려동물을 허락하셨다.

그 아이와 더 오래 살 수 있는 가족이 되고 싶었다. 만약 다음 생이 있다면 너랑 내가 친자매였으면 좋겠다고, 더 많이 아껴주고 잘해주겠다고 매일같이 그 아이에게 속삭이기도 했다. 강아지의 수명이 인간에 비해 짧은 것이 늘 속상하고 아쉬웠다.

꽃 처방은 말 그대로 꽃을 그리기 때문에 동물과 관련된 작업은 드물다. 아주 가끔 반려동물을 기억하기 위해 꽃 그림을 요청하는 분들이 있는데, 주로 반려동물의 탄생화를 새겨 넣는 정도다.

한번은 무지개다리를 건넌 두 마리의 강아지들을 잊지 않게

끔 꽃 처방을 받고 싶다는 분이 찾아오셨다. 예전에는 강아지를 잘 키우는 법을 몰라서 잘 챙겨주지도 못하고, 오랜 시간을 함께 보내지도 않았는데 그게 정말 미안하다고 하셨다. 잘 시간이 되면 방으로 강아지들이 찾아오던 것도 생각나고, 고구마나 사과를 보면 강아지들이 좋아하던 음식을 같이 나눠 먹던 순간이 생각난다고 하셨다. 그분은 아이들의 사랑스러운 모습이 떠올라 미소 짓다가도 결국 아이들이 떠났다는 슬픔, 있을 때 잘해주지 못한 것에 대한 미안함을 느꼈다. 죄책감 때문에 잊고 지낸 행복했던 감정들을 되찾고 싶다고 하셨다.

나는 그분과 그분의 아이들을 위해 로즈제라늄과 일일초를 선택했다. 로즈제라늄은 이집트가 원산지인 허브로, 제라늄 품종의 하나다. 향과 색이 장미를 닮은 이 꽃은 '행복, 진실한 애정'이라는 꽃말을 지니고 있다. 반려견들과 행복했던 순간들, 그리고 서로가 나누었던 계산 없는 진실한 애정을 기억하길 바라며 이 꽃을 그려 넣었다. 일일초는 7~9월에 한 송이씩 피는데, 다섯 장의 꽃잎으로 되어 있는 꽃이 매일 피어 있어서 이름이 일일초다. 꽃말은 '즐거운 추억, 우정' 등이 있는데, 모

나쁜 기억은 행복의 밑으로 보내요.

든 꽃말이 그들과 어울렸다.

살다 보면 두 번 다시 떠올리고 싶지 않은 기억도 있지만, 반대로 너무 소중해서 잊어버릴까 봐 조마조마한 기억도 있다. 그래서 사람들은 잊고 싶지 않은 기억을 형태가 있는 무언가로 남겨둔다. 사진을 인화해 앨범을 만들거나, 기억이 담긴 물건을 간직하거나, 이렇게 의미를 담은 꽃을 제 몸에 그리고 새기는 방식을 통해 남기기도 한다.

사랑하는 존재를 떠나보내고 남겨진 사람은 후회와 자책으로 물들게 된다. 왜 더 잘해주지 못했는지, 다 내 탓이라는 죄책감이 자꾸 올라온다. 분명 존재했을 행복하고 즐거웠던 기억은 미처 떠올리지 못하고, 함께 보낸 시간을 왜곡해서 슬픔 속에 가둬두는 것이다.

나 역시 그랬다. 무지개다리를 건넌 그 아이가 꿈에 나오는 날이면 눈물로 잠에서 깼다. 그 아이는 나랑 있어서 행복했을까 늘 생각했다. 그러던 어느 날, 꿈속에서 그 아이를 안고

"언니 집에서 같이 살자" 하며 문 밖을 나서는 그때 그 아이가 "언니랑 살아서 난 행복해"라고 말해줬다. 내가 죽을 때까지 잊지 못할 소중한 꿈이다. 분명 우리에게도 행복한 시간이 있었는데, 나는 그것들을 다 잊고 미련과 후회에 매달려 있었다.

그럴 땐 꽃 처방을 의뢰하신 분처럼, 기억 조각의 배열을 다시 해보면 어떨까?

> "나쁜 기억은 행복의 홍수 밑으로 보내버려.
> 수도꼭지를 트는 일은 네 몫이란다."
>
> – 영화 〈마담 프루스트의 비밀정원〉 중에서

우리는 종종 좋은 기억을 불행의 홍수 밑으로 보내버리곤 한다. 내가 보내는 무수한 시간 속에 어떤 부분을 기억할지, 선택의 기회는 나에게 있다. 내가 사랑했던 존재가 나에게 바라는 것은 나의 행복이다. 그러니 슬픔은 행복의 기억 밑으로 흘려보내자. 기억의 홍수에서 기꺼이 행복의 조각을 건져 올리는 게 남겨진 자들이 먼저 떠난 존재를 위해 할 수 있는 진정한 애도이다.

안심해도
괜찮아요

얼마 전, 요즘 고민이 무엇이냐고 인스타그램 스토리에 올린 적이 있다. 많은 이들이 알 수 없는 미래와 현재 상황에 막막함과 불안함을 느낀다고 답했다. 나 역시 모르는 감정은 아니었다.

세상 그 어떤 것도 흔들리지 않고 피어나는 것은 없다. 불안은 불쾌한 일이 예상되거나 위험이 닥칠 것처럼 느껴지는 불쾌한 정동 또는 정서적 상태를 말한다. 나는 유독 불안에 취약한 인간이라 우울증과 불안증을 가라앉혀 주는 비상약을 따로 챙겨 다니기도 했다.

　불안은 어디에서 오는 걸까? 심리학에서는 '불안'을 우리를 위험에서 구하기 위한 신호라고 본다. 불안감을 느끼기에 위험에서 도망칠 것인지, 맞서 싸울 것인지를 판단하고 대처할 수 있다는 것이다. 즉, 불안은 생존을 위해 꼭 필요한 감정이다. 다만 불안이 자주 발현하고, 오래 지속하면 신체가 오랫동안 긴장 상태에 머무르기 때문에 집중 저하나 불면증 등 부정적인 신체 증상으로 이어질 수 있다. 단순히 불안해하는 행동 자체가 잘못된 것은 아니다. 다만 그러지 않아도 될 상황에서 반복적으로 오래 불안을 경험한다면, 불안을 다스리는 법을 배워야 한다.

　불안 속에 있는 이들에게 조금이나마 위로가 되어줄 무언가가 있다면 얼마나 좋을까, 생각하던 찰나에 발견한 것이 한국의 야생화 '깽깽이풀'이다. 깽깽이풀의 이름에는 여러 유례가 있는데, 그중 가장 귀여운 가설 하나를 들려주고 싶다. 깽깽이풀의 씨앗 표면에는 꿀샘이 붙어 있는데, 개미가 풀의 씨앗을 물고 가다가 떨어뜨리면 그 자리에서 발아하여 새순이 돋아나고, 그 모습이 마치 어린아이가 깽깽이(한 발로 뛰는 모습)를 하는 모습을 닮아서 붙여진 이름이라는 것이다. 깽깽이 발을 한 모습이라니, 너무 귀여운 상상이 아닌가? 그 외에도 우리나라 전통악기 해금을 깽깽이라 하는데, 해금의 선율처럼 아름다워서라는 설도 있다.

키가 작은 깽깽이풀은 이른 봄에 싹이 돋아 4~5월에 보랏빛 꽃을 틔운다. 부드러운 봄바람을 맞으며 자라서일까, 깽깽이풀은 듣기만 해도 마음이 편안해지는 '안심하세요'라는 꽃말을 지니고 있다.

별것 아닌 작은 꽃이 참 당차게도 안심하라고 말을 건넨다. 순박하지만 힘 있는 손길로 나의 등을 쓰다듬어 주는 것 같다. 이 꽃으로 그림을 그리면 불안을 잠재우는 데 좋을 것 같아 디자인 작업을 시작했다. 과하지 않게, 그러나 부족하거나 위태로워 보이지 않게.

그림을 SNS에 올리고 얼마 지나지 않아 메일 한 통을 받았다. "저는 우울증을 앓고 있는데 특히 불안도가 높은 편이에요. 우울하거나 불안할 때, 나를 다독여주고 힘이 되어줄 무언가가 필요하다고 생각했어요. 뭐가 좋을까 고민하고 있었는데, 연님이 올린 그림을 보고 내가 찾던 게 이거구나 싶었어요."

꽃이 제 주인을 찾았다. 나는 깽깽이풀이라는 꽃을 찾고, 그리고, 의미를 전하면서 누군가에게 유의미한 일을 한다는 안정감을 얻었다. 꽃 처방을 받아 가신 분은 불안이 찾아올 때마다 그림을 보고 이 꽃을 받았던 이유, 그때의 생각과 감정, 꽃이 전하는 다정한 꽃말을 떠올리며 자신을 다독이고 안정감을 찾을 것이다. 그렇게 우리는 불안을 이겨내는 새로운 방법을 하나씩 갖게 되었다.

모두가 불안을 이겨내기 위해 우리와 같은 방법을 택할 수는 없다. 불안을 다스리는 자기만의 방법을 찾아야 한다. 불안은 대부분 알 수 없는 내일에 대한 걱정, 안전하고 행복한 내일을 살고 싶지만 그러지 못할 것 같다는 두려움에서 온다.

안심해도 괜찮아요.

깽깽이풀은 씨앗을 뿌리면 3년은 지나야 꽃이 핀다. 꽃을 피우기까지 다른 꽃들에 비해 몇 배의 시간이 걸려도 불안하지도 않은 모양인가 보다. 내가 깽깽이풀로 태어났다면 나는 언제 피는 건지 조마조마해서 속이 타서 꽃이 피기도 전에 죽어버렸을지도 모른다. 그런데 오히려 안심하라고 말하는 배짱을 보면서, 불안을 극복하는 방법은 깽깽이풀에 있다는 것을 알았다.

바로 '반드시 피어난다'는 믿음이다. 꽃을 피우는 데 필요한 시간을 의심하지 않고, 나에게 알맞은 시간이 지나면 모든 것이 알아서 이루어지므로 불안해할 필요가 없었다. 그렇기에 깽깽이풀은 당당하게 우리에게 안심하라고 말했나 보다.

주변에 핀 보잘것없고 작은 꽃 안에서 의미를 발견하는 것, 그리고 그것을 믿고 살아가는 것은 모두 우리의 몫이다. 내가 불안에 빠졌을 때, 나를 구하러 오는 백마 탄 왕자님이나 슈퍼히어로는 없다. 나를 구하는 건 언제나 나뿐이다. 불확실성은 자유의 또 다른 말이며, 우리는 선택하고 그것을 책임지며 살아야 한다.

불안이 찾아온다면 그것에 집중하거나 알 수 없는 공포감에 휩싸이기보다는, 알 수 없는 내일이 가진 가능성을 찾고 나를 믿어보자. 3년이라는 시간을 기다려 꽃을 피워내는 깽깽이풀이 나에게 안심하라고 말을 건네는 것처럼, 나 또한 내 안에 숨겨둔 꽃을 피워낼 것이라는 믿음에 더욱 집중하자.

안심해도 괜찮다. 나는 본디 꽃으로 태어난 존재이니.

슬픔은
영원하지 않아요

우리는 언제 슬픔을 느낄까? 목표하는 바를 이루지 못했을 때, 사랑하는 사람과 이별했을 때, 소중한 존재를 잃었을 때 등등 우리는 살아가며 슬픔을 종종 마주한다. 슬픔은 대부분 상실에서 시작된다.

여름비가 쏟아지던 어느 날, 외할아버지가 돌아가셨다는 전화를 받았다. 막 작업을 끝내고 한숨을 돌리던 참이었다. 편찮으시다는 건 알고 있었지만, 부고 소식이 믿기지 않았다. 어릴 때부터 친조부모님을 일찍이 여의어 내게 할머니, 할아버지는 외가 식구들이 전부였다. 첫째 딸인 엄마를 따라 나는 다른 손주들보다 더 외할머니, 외할아버지와 많은 시간을 보냈었다. 조문객을 맞이하고, 장례 미사를 치르고, 장지에 다녀오는 내내 지난 시간이 떠올랐다. 장례를 끝내고 집으로 돌아와서도 한동안 멍하게 보냈다. 마음의 준비도 없이 맞닥뜨린 상실은 꽤 오래 나를 슬프게 했다.

상실은 대부분 나의 의지와 상관없이 일어난다. 길을 걷는데 갑자기 소나기가 퍼붓는 것처럼 부지불식간에 나를 휩쓸고 지나간다. 우산도 없이 가벼운 손으로 밖에 나갔으니 쏟아지는 소나기를 온몸으로 맞는 수밖에 없다. 예상했든 예상하지 못했든, 대비했든 대비하지 못했든 슬픔은 우리를 힘들게 한다.

그렇기에 타인의 슬픔과 그 크기에 대해 함부로 말해서는 안 된다. 금방 괜찮아질 거라고 섣부른 위로를 건네서도 안 된다. 그저 상대가 그 슬픔을 스스로 추스르고 다시 일어서기를 기다려야 한다. 언젠가는 이 슬픔이 지나갈 거라는 믿음과 함께.

슬픔은 영원하지 않아요.

이 세상의 그 무엇도 영원하지 않듯, 슬픔도 영원하지 않다는 희망을 전하고 싶었다. 이 이야기를 전달해 줄 꽃으로 망종화와 물망초가 떠올랐고, 그것들을 엮어 하나의 디자인을 완성했다. 전체 디자인은 드림캐처에서 영감을 받았다.

드림캐처는 아메리카 원주민들이 악몽을 걸러주고 좋은 꿈만 꾸게 해준다고 믿었던 토속 장신구다. 슬픔 속에 잠겨 지내는 날은 마치 깰 수 없는 나쁜 꿈에 영영 갇힌 느낌이 든다. 그런 하루에서 어서 벗어나길, 매일 밤 울지 않고 잠들길 바라는 마음을 이 도안에 담았다.

드림캐처를 장식한 망종화의 속명은 히페리쿰이다. 그리스 신화에 나오는 태양신 히페리온Hyperion의 이름에서 유래된 꽃으로 태양처럼 빛나는 노란색을 자랑한다. 태양이 뜨고 지듯 꽃도 피었다 진다. 꽃잎이 떨어진 자리에는 아쉬워할 겨를도 없이 빨간색, 분홍색, 연두색 동그란 열매들이 피어난다. 더욱 빛나고 단단한 생명이 새로 모습을 드러내는 순간이다. 그래서 망종화의 꽃말은 '반짝임' 그리고 '슬픔은 오래가지 않아요'이다. 우리도 그렇다. 슬픔의 시간을 보내고 나면 분명 전보다 더 단단해지고 반짝일 것이다.

물망초의 꽃말은 유명하다. 한자로는 勿忘草, 영어로는 forget-me-not. '나를 잊지 말아요.' 물망초는 길을 걷다 어느 가게 앞에 놓인 화분에서 실제로 처음 봤는데, 모두가 좋아하는 소문 속의 인물을 만난 기분이었다. 발걸음을 멈추고 한참 꽃을 바라봤다. 꽃말 탓인지 사진으로만 물망초를 봤을 땐 그저 애절하게 느껴졌다면, 실제로 본 물망초는 아주 작고 순수한 어린아이의 미소 같았다.

망종화와 물망초를 함께 고른 것은 영원하지 않을 슬픔 속에서 가장 중요한 '나'를 잊지 말라는 뜻을 전하기 위해서였다. 이미 상실하고 없는 무언가에 매달려 있으면 '지금'을 살 수 없다. 지금 이 삶의 주인이 내가 될 수 없다. 지금은 사라진, 그러나 한때 소중했던 존재를 생각하는 만큼, 그것에 마음을 쏟았던 나를 챙기고 돌봐야 한다. 무언가 나를 떠나도, 나는 나를 떠나지 않으니까 나를 잊어선 안 된다.

어떤 슬픔은 인생 전체를 할퀴고 간 흉터처럼 고통스럽지만, 언젠가는 추억이 되거나 교훈을 남길 수도 있다. 물론 모든 슬픔이 성장을 위한 좋은 기회라고 말할 수는 없다. 그렇지만 슬픔 속에 잠식되어서도 안 된다.

슬픔이 찾아오면 그것과 맞서 싸우라는 의미가 아니다. 초연해지려 애쓸 필요도 없다. 참지 않아도 된다. 슬픔이 찾아왔으니 슬픈 것은 당연하다. 애써 참거나 아무렇지 않은 척한다면 오히려 슬픔에서 벗어나기 힘들어진다. 울고 싶을 때 마음껏 울고, 슬퍼할 수 있을 만큼 충분히 슬퍼하자. 나를 위해서, 떠나간 존재를 위해서. 슬픔을 털어내는 데 필요한 만큼 충분히 애도의 시간을 가져도 된다. 충분히 슬퍼하였다면, 그다음은 바닥 밑의 슬픔까지 털어낸 수고한 나를 다시 일으켜 세울 차례다.

작은 물망초들이 나에게 말하듯이 어떤 상황에서도 우리는 잊지 말아야 한다. '나'의 존재를. 그리고 슬픔은 영원하지 않다는 사실을. 그 속에서 끊임없이 반짝이고 있을 희망을.

나를 더
알아주세요

올해 3월, 미술치료대학원에 진학했다. 인터넷에서는 대학원생의 힘든 현실을 자조적으로 개그화 하지만, 나는 올해 내가 가장 잘한 일로 뽑는다. 전공 수업은 치료의 기본인 심리학 이론을 배우고, 이론을 활용한 미술치료 기법을 실제로 해보는 식으로 이뤄졌다. 그 과정을 다른 학생들과 나누고 스스로 통찰해서 매일 일지를 썼다.

일지가 하나둘 쌓일 때마다 내가 나를 너무 모르고 살았다는 걸 깨달았다. 모르기만 하면 다행이지, 나를 돌보지도 않았었다. 이 글을 읽는 당신은 스스로에 대해 얼마나 알고 있는지 묻고 싶다.

내가 무엇을 좋아하고 싫어하는지, 어디에서 태어났는지 같은 기본 정보를 말하는 것이 아니다. 오늘 내 마음상태, 여태껏 외면해 온 마음의 상처, 어린 나에게 필요했지만 얻지 못했던 것들, 아직 아물지 못한 과거의 시간, 애써 억압해 왔던 욕구들을 알아야 한다.

정신분석의 창시자 프로이트에 의하면, 인간은 자아가 힘든 상황에 부닥치면 무의식적으로 자신을 속이거나 상황을 다르게 해석해서 자신을 보호하는 '방어 기제'를 펼친다. 인정하고 싶지 않은 상황에 그럴 듯한 이유를 붙여 자존심이 상하거나 죄책감을 느끼지 않게 합리화한다. 예를 들어 시험에서 낮은 성적을 받았을 때 "그날은 컨디션이 너무 안 좋았어" 하며 시험을 못 볼 수밖에 없었던 이유를 만들어내는 것이다. 하지만 근본적인 문제는 여전히 마음에 남아서 내내 나를 찝찝하게 만든다.

나는 몇 년 전부터 음식을 먹으면서 자거나, 자다가 일어나서 뭐라도 먹어야 다시 자는 이상 행동이 생겼다. 식이장애를 치료해 주시는 의사 선생님께선 이건 심리적인 문제라서 약으로 해결할 수 없으니 내면을 먼저 치유하라고 하셨다.

비슷한 시기에 대학원에서 미술치료 작업을 진행한 덕분에 내 문제를 알아챌 수 있었다. 내 안에는 여전히 해결하지 못한 애착 문제가 남아 있었다. 애착은 정신의학자 볼비가 처음 제안한 개념으로, 인생 초기에 가까운 사람에게 강한 감정적 유대를 형성하는 것이다. 주 양육자와 안정된 애착 관계를 형성한 유아는 성인이 되어서도 안정적으로 관계를 맺고 지속한다. 반면 초기에 불안정한 애착 관계를 형성했다면 성인이 되어서도 대인 관계에 어려움을 겪을 수 있다.

배부른데도 음식을 자꾸 먹는 것, 피곤을 느끼지만 쉬지 못하고 끊임없이 무언가를 하려고 하는 것은 애착 결핍으로 생긴 욕구 때문이었다. 애착이론 연구자들은 특정 사건에 대한 강박을 버려야 안정된 애착 관계를 형성할 수 있다고 말한다.

나를 더 알아주세요.

계속 고통 속에서 살 수는 없으니, 이제라도 달라져야 했다. 그 다짐을 담아 이 디자인을 완성했다. 제목은 〈Stay in me〉.

별은 아침에도, 낮에도 떠 있지만 깜깜한 밤에만 볼 수 있다. 오래, 지그시 바라보면 더 잘 보인다. 공허한 어둠속에 갇힌 것 같을 때 빛을 찾으려 발버둥치기보다 나를 더 오래 봐주면 좋겠다. 내 안에서 무슨 일이 일어나고 있는지, 내 안에서 무슨 말을 하고 있는지 궁금해하고 발견하고 알아주고 받아들이다 보면 어느새 내 곁에서 반짝이는 별들이 보일 것이다.

그렇게 알게 된 내 모습이 부족해 보여도 괜찮다. 실수만 떠올라도 괜찮다. 이 세상에 완벽한 것은 없다. 그저 경험만 있을 뿐, 잘못된 감정은 없으니까. 나도 그렇게 생각하니 나를 알아가는 노력을 멈추지 않을 용기가 생겼다. 나는 내가 자꾸, 자꾸 궁금하다.

꽃은 어둠 속에서
피어나요

　　　　　상처와 아픔을 겪었다고 해서 모
두가 강해지는 것은 아니다. 때로는 그 상처가 과거의 또 다른
상처를 또 찌르고 헤집어 놔서 상처가 더 깊어지거나 겨우 봉
합되었던 곳이 다시 벌어질 수도 있다. 내가 사람들에게 거리
를 두고 마음의 울타리를 치기 시작한 이유도 상처를 덧내고
싶지 않아서였다.

　　그래서 상처를 바로잡으려 자기 의지로 다시 마주한다는 것
은 엄청난 용기가 필요한 일이다. 흉터 위에 새로운 그림을 그

리기 위해 나를 찾아오는 분들이 하나둘 늘어나고 있다. 무더운 여름에도 누가 상처를 볼까 봐 긴 소매만 입었다는 분들이 그 상처를 내게 보여주기까지 얼마나 많이 고민했을지, 그리고 얼마나 큰 용기를 냈을지 말하지 않아도 짐작할 수 있다.

내가 다시 상처받지 않기 위해 울타리를 치는 방법을 택했다면, 이분들은 자신의 흉터를 마주하는 일부터 시작했다. 그것만으로도 그들은 강한 사람으로 한 계단 나아간 것이다. 피부에 남은 지난 시간의 자국들이 상처와 후회만을 떠올리게 한다면, 그 위에 그려지는 새로운 꽃들은 그것을 극복하고 이겨내기 위해 피어난 용기와 의지의 표현이다.

어머니가 갑자기 돌아가신 후, 사무치는 상실감에 몸에 자상을 남긴 분이 나를 찾아오셨다. 평생 고생만 하신 어머니를 위해 해드리고 싶은 게 참 많았는데 갑자기 떠나셔서 세상이 무너지는 느낌이었다고 한다. 살아갈 의미가 없어진 듯한 막막함, 주체할 수 없는 감정들. 그때의 시간과 감정은 손목에 흉터로 고스란히 남아버렸다. 그분은 지난 흔적이 완벽히 가려지지 않아도 좋으니 지금보다 티가 덜 나기만 해도 좋다고 하셨다. 울퉁불퉁해진 피부를 보면서 그때의 기억과 감정이 떠올라 늘 힘들고 괴로웠을 마음이 느껴졌다. 힘든 순간을 견디기 위해 치열하게 싸웠던 그 시간의 흔적을 누군가는 측은하게, 누군가는 이상하게 바라보았을 것이다. 그 시선 속에서 온전한 나로 다시 살아가기 위해 용기를 냈고, 기꺼이 도움을 요청하셨다.

보통 꽃 처방을 의뢰받으면 여러 가지의 꽃을 보여준 뒤 그 중 마음에 드는 꽃을 직접 고르게 하는데, 이분께는 전하고 싶은 말을 적확하게 담은 딱 두 개의 꽃을 골라서 보내드렸다. 금영화와 딱지꽃.

금영화는 북아메리카가 원산지인 양귀비의 일종으로, 하늘이 맑게 갠 날만 피고 해가 지면 다시 오므라든다. 캘리포니아 인디언들은 금영화를 추위와 기근을 쫓기 위해 신이 보낸 불꽃이라고 믿었다. 그래서 금영화를 '불의 꽃'이라고 부르기도 한다. 금영화의 꽃말은 '나의 희망을 받아주세요'이다. 추위 속에서 지쳐가는 사람들에게 신이 보낸 불의 꽃이었으니, 그 존재는 실로 희망과 같았을 것이다. 금영화의 이야기처럼 두렵고 힘든 상황 속에서도 나타나는 작은 희망을 전하고 싶었다.

딱지꽃은 장미과에 속하는 다년초다. 한국의 야생화로 낮은 산이나 길가, 들판, 강가, 바닷가 등 모래땅에서 잘 자란다. 노란색의 작은 꽃들이 가지 끝에 모여 피는데, 꽃의 모양이 종이를 접어 납작하게 만든 딱지를 닮았다. 다쳐서 피가 나는 곳에 바르면 딱지가 생겨 치료에 도움을 줘서 '딱지꽃'이라고 불린다. 이 꽃의 꽃말은 '사랑해, 언제나 사랑해'이다. 이 꽃은 그분의 어머니를 생각하면서 골랐다. 어머니께서는 마지막 순간에도, 그리고 멀리서 지켜보고 계실 지금 이 순간에도 항상 이 말을 전하고 싶었을 것이다.

어머니께 해주지 못했던 것들이 마음에 걸린다고 하셨지만, 어머니는 딸의 마음을 다 알고 계셨을 것이다. 그리고 그것들을 받고 가지 못해서, 딸의 곁에 더 있어 주지 못해서 미안하고 떠나는 순간에도 사랑한다고 말하고 싶으셨을 것이다. 딸이 힘들어하던 순간에도, 그리고 지금도, 내일도 언제나 사랑한다고 말하고 계실 것이다. 내가 가장 사랑하는 엄마가 가장 사랑했던 사람은 나였음을 잊지 말고 자신을 더 소중히 아껴주길 바라는 마음으로 이 꽃을 함께 골랐다. 그리고 그녀가 좋아하는 색을 따라 금영화를 보라색으로, 딱지꽃을 빨간색으로 바꿔 디자인했다.

그렇게 슬픔이 머물렀던 자리에 희망과 사랑의 꽃이 피어났다.

밤이 지나야 아침이 찾아오고, 겨울이 끝나야 봄이 온다. 우리는 어둠과 추위를 지나야만 비로소 빛과 따뜻함을 마주할 수 있다. 상처가 두려워 외면하거나 숨는다고 해서 이미 세상에 일어난 일이 사라지거나 없어지지는 않는다. 울타리를 치고 숨어도 마음에 스며든 어둠은 사라지지 않는다.

상처받지 않기 위해서는, 마음에 스며든 어둠을 걷어내기 위해서는 세상을 향해 쳐두었던 커튼을 걷어내야 한다. 밖을

꽃은 어둠 속에서

피어나요.

똑바로 응시할 때 오히려 멀리서 빛나는 작은 불빛을 발견할 수 있다. 상처 위에 새로운 꽃을 피우기 위해 용기를 낸 사람들처럼 그 상처가 더 이상 나에게 상처 주지 못하게 극복하는 방법도 발견할 수 있다.

지나간 시간을 새롭게 만드는 유일한 방법은 지금 이 순간, 최선을 다해 즐겁게 살아가는 것이다. 오늘 웃으면 어제의 시련은 오늘 웃기 위해 있었던 작은 해프닝이 된다. 길을 걷다 어느 순간 다시 어둠 속에 갇히더라도, 때로는 상처받더라도 그대 너무 염려하지 말아라. 빛을 향해 걸어가는 과정임을 알려주는 삶의 신호일 뿐이다.

다시
시작할 수 있어요

꽃 처방의 첫 번째 고객은 일반 꽃 작업을 할 때부터 자주 찾아주시던 분이다. 동그란 눈에 명랑한 목소리가 인상적인 분인데, 나와의 첫 만남에서 보라색 프리지어를 받아 가셨다. 이후에도 종종 와서 다양한 그림을 새겼고, 자연스레 많은 대화를 나눌 수 있었다.

한번은 그분에게 긴 장문의 편지를 받은 적 있다. SNS에 마음의 아픔을 겪고 있음을 고백한 날이었다. "연님이 잘 못 잔다고 했을 때 사실 조금 눈치 챘었어요. 어쩌면 연님도 바람

에 흔들리는 갈대 같은 순간이 있겠구나 하고요. 연님이 작업
자로 세상에 다시 나온 것처럼, 저는 연님에게 작업을 받아 세
상에 다시 당당하게 나올 수 있었어요. 감사해요. 울고 싶을
땐 소리 내어 엉엉 우세요. 웃고 싶을 때도 하하 웃고, 잠도 식
사도 모든 게 다 별 탈 없이 지나가는 하루하루가 되길 바라고
항상 연님께 평화가 함께하길 기도드립니다."

누군가가 나를 진심으로 생각해 준다는 마음에 편지를 읽
고 한참을 울었었다. 이 편지의 답장으로 그녀에게 무언가를
선물하고 싶었는데, 꽃 처방 프로젝트를 해야겠다고 마음먹자
바로 그녀가 떠올랐다. 꽃 처방의 시작을 그녀와 해보고 싶다
고 전하자 그녀는 흔쾌히 응해줬다.

"첫째 딸이라 부모님의 막연한 기대감 때문에 부담이 컸어
요. 어른스러우면서도 제 나이에 맞는 모습을 가져야 한달까
요. 누구나 하나씩 아픈 상처가 있겠지만, 저는 늘 모든 걸 혼
자 해야 한다는 생각 속에 자라왔어요. 항상 바쁘고 사이가 좋
지 않았던 부모님 사이에서 어쩔 수 없이 늘 남동생을 챙겨야

했거든요. 그러다 보니 저를 돌볼 시간도 없었고, 돌보는 방법도 몰랐어요. 고등학생 때 따돌림을 당한 후에야 제가 저를 얼마나 돌보지 않는지를 깨달았어요. 그제야 외면하고 있었던 깊은 우울을 마주하게 됐죠."

그녀의 이야기에 나는 두 가지 꽃을 골랐다. 스위트피와 옥시페탈룸. 스위트피는 덩굴성의 일년초로 연분홍색, 보라색, 분홍색, 흰색 등 다양하게 자라고, 향이 참 좋은 꽃이다. 스위트피sweet pea는 '단 완두콩'이라는 뜻인데, 달콤한 향기와 콩과 특유의 꽃 형태에서 비롯된 이름이다. 미국 속어로 연인을 뜻하기도 한다. 그래서인지 피천득의 수필 〈인연〉에서는 '스위트피는 아사코와 같이 어리고 귀여운 꽃이라고 생각하였다'라며 첫 인연의 상징으로 쓰였다. 스위트피는 '아름다운 추억, 나를 기억해 주세요, 즐거움, 새 출발, 청춘의 기쁨' 등 다양한 꽃말을 지니고 있다.

이 중에서 '새 출발'과 '청춘의 기쁨'이라는 꽃말을 전하고 싶었다. 장녀로서 느껴온 압박감과 책임감을 이제는 내려놓고

다시
시작할 수 있어요.

새롭게 자기 삶을 시작하길 바랐다. 다시 돌아오지 않을 이 시간과 젊은 청춘이 즐거움으로 가득 차도록 말이다.

스위트피와 함께 엮은 옥시페탈룸은 블루스타라고도 불린다. 별 모양으로 작은 꽃들이 피어나는데, 봉오리는 분홍색을 띠다가 꽃이 벌어지면 푸른색으로 변한다. 꽃이 다 핀 후에는 점점 짙어지다 다시 분홍색으로 돌아간다. 꽃과 줄기, 잎을 만지면 작은 솜털처럼 보들보들한 질감을 가진 것도 특징이다. '날카로움'이라는 꽃말이 많이 알려졌는데, '상냥함, 서로 믿는 마음, 행복한 사랑, 사랑의 방문'이라는 꽃말도 있다.

이 꽃은 사실 꽃말보다 별을 닮은 모양이 좋아서 고른 꽃이다. 그녀를 봤을 때 그녀의 별처럼 반짝이는 눈과 꼭 닮은 이 꽃이 바로 생각났었다. 마음속에 있는 어두운 기억이나 감정들이 언젠가는 사라지고, 반짝이는 순간들로 가득하길 바라며 이 꽃을 골랐다. 끊임없이 변하는 색, '날카로움'이라는 꽃말과는 다르게 보들보들한 솜털에 쌓인 옥시페탈룸처럼 어떤 존재를 한 가지로 규정할 수 없다. 그러니 그녀도 하나의 이름이

나 정의에 갇혀 있지 않길 바랐다.

"연님의 그림을 하나씩 새기면서 저도 꽃 같은 사람이 되고 싶었어요. 꽃은 약하고 금방 시들지만 큰 위로와 힘을 가지고 있다고 생각하거든요. 어떤 사람들은 종종 말해요. 네가 그걸 한다고 꽃이 되냐고요. 하지만 전 꽃 같은 사람이 되어가고 있다고 믿어요. 저 역시 상태가 호전되었다가 다시 원점으로 돌아갔다 하는 상황을 반복하고 있어요. 그렇지만 굴하지 않고 저는 제 마음의 병과 함께 살아가며 잘 이겨낼 거예요. 피어나길 포기하지 않는 꽃처럼요."

내면을 들여다보고 자신에게 집중하는 일, 용기를 내어 나의 상처와 마주하고 다시 한번 시작하는 일. 그 어떤 것도 쉽지 않다. 그런데도 그녀는 기꺼이 새로운 시작을 위해 살아가겠다고 말했다. 내가 '꽃 처방'이라는 말을 떠올리게 된 것도 그녀 같은 사람들이 겉으로는 연약해 보이지만 내면은 강한 꽃을 닮아서인지도 모르겠다.

꽃을 닮아가야 한다고, 꽃처럼 살아가자고 말했지만 이미 꽃처럼 살아가는 사람들이 있다. 우리가 꽃을 닮았든, 꽃이 우리를 닮았든 중요한 사실은 사람도 꽃도 존재 자체로 아름답고 무한한 가능성과 힘을 가진 존재라는 것이다.

자신의 힘과 가능성을 믿고 포기하지 않는 한 우리는 끊임없이 나아가고 자라날 것이다. 때로는 엉키고 꺾이더라도, 우리는 그 자리에서 다시 자라날 수 있음을 나는 알고 있다.

내 속도대로
살아가요

나팔꽃은 길가에서 흔히 볼 수 있는 덩굴식물로 주로 여름에 꽃을 피운다. 나팔꽃은 어둠이 지기 시작하면 꽃피울 준비를 한다. 새벽 네다섯 시에 꽃피우고, 아침 햇빛 아래에서 서너 시간을 피어 있다 오전이 되면 꽃망울을 다시 오므린다. 나팔꽃 안에는 시간을 감지하는 이른바 생체시계가 입력되어 있어서 어둠의 시간을 겪지 않으면 꽃을 피우지 못한다.

무심코 스쳐 지나가던 이 작은 꽃 안에는 우리가 알지 못했던 빛과 어둠의 시간이 모두 담겨 있다. 이 작은 꽃이 피어나기 위해서도 어둠과 빛의 시간이 필요한데, 꽃보다 더 복잡하게 만들어진 인간이라는 존재가 성장하기 위해서는 얼마나 더 많고 다양한 시간이 필요할까?

"왜 꽃만 그리냐"는 질문에는 늘 "꽃이 가진 힘을 전하고 싶어서"라고 답한다. 불어오는 바람을 따라 이리저리 흔들리는 꽃이 무슨 힘을 가졌느냐고 반문하는 이들도 있겠지만, 나는 진정한 힘은 그런 외관에 있지 않다고 생각한다.

삶이 이토록 힘들고 불안한 것은 우리의 마음이 늘 이리저리 흔들리기 때문이다. 불안은 언제나 우리의 마음을 잠식한다. 나 역시 불안한 마음 때문에 자주 잠들지 못하는 밤을 보냈었다. 아무 일도 일어나지 않았지만 무언가 일어날 것만 같았고, 어떤 날들은 내 인생에 더 이상 아무 일도 일어나지 않을까 봐 불안해했다. 나보다 어린 사람이 더 빨리 취업을 하고, 나와 비슷하게 시작했던 사람이 저 멀리 나아가고, 나보다 늦게 출발한 사람에게 따라 잡힐까 봐 늘 조바심이 났다.

내 속도대로 살아가요.

그렇게 타인과 나를 끊임없이 비교하니 하루하루가 힘들 수밖에 없었다.

꽃은 자신이 피어날 것을 의심하지 않고, 조바심 내지도 않는다. 계절을 앞서 나가려 하지 않고 자기 순서까지 견뎌낸다. 봄에 피는 꽃은 봄을, 여름에 피는 꽃은 여름을, 가을에 피는 꽃은 가을을, 겨울에 피는 꽃은 겨울을 묵묵히 기다린다.

나팔꽃 하나가 피어나기 위해 어둠의 시간을 겪어내는 것처럼, 우리 또한 칠흑 같은 시간을 겪어내는 중일지도 모른다. 그런데 우리는 당연히 즐겁고 행복한 시간만이 가득해야 제대로 된 인생이라고 생각한다. 마음대로 옳고 그른 것, 긍정적인 것과 부정적인 것을 만들어내고 '이렇게 살아야 해, 그게 행복한 삶이야. 그렇지 않으면 불행한 거야'라고 단정 짓는다.

내 안에는 어떤 생체시계가 있을까? 그리고 그 시곗바늘은 몇 시를 가리키고 있을까? 각자의 시계가 몇 시를 향해 있을지는 알 수 없다. 내 속을 열어 볼 수 없으니 나보다 빠른 속도로

가는 이를 보면 불안할 수밖에 없다. 하지만 잊지 말자. 모두에게는 각자의 속도가 있다. 여름에 피는 꽃이 겨울에 피어난다면 그 꽃은 추위에 죽어버린다.

남들보다 느릴지언정, 내가 꽃피는 시간은 반드시 찾아온다. 그저 나의 만개한 모습을 상상하며 앞을 향해 나아가면 된다. 내 안의 시간을 믿자. 나를 위해 끊임없이 지나가는 시곗바늘과 내 발걸음에서 땅으로 떨어지는 땀방울들이 나를 만개시키리라.

삶은 행복을 찾으러 온
소풍이에요

"연님, 혹시… 아미…인가요?"
"네! 어떻게 아셨어요?" "당연히… 저기에 사진이, 저기에 캐
릭터 인형이, 오늘 연님이 입은 옷이…." 작업실 곳곳에 방탄
소년단의 사진과 굿즈가 가득하니 나를 처음 보는 사람도 내
가 아미(방탄소년단의 팬클럽)라는 사실을 모를 수 없다.

언제부터 그들이 내 삶의 중요한 일부가 되었는지는 정확히
기억나지 않는다. 적막이 두렵고 무서워서 늘 노래를 틀어놓
고 생활하던 때, 방탄소년단의 노래를 듣게 됐다. 괜찮으니까

슬픈 기억을 모두 지우라고 했다. 꽃길만 걷자고 약속할 순 없지만 그래도 좋은 날이 앞으로 훨씬 더 많을 거라며 둘, 셋 주문을 외워줬다. 지우고 싶은 기억에 시달리며 혼자 괴롭고 외로운 싸움을 벌이고 있었는데, 처음으로 내 편이 생겼다는 위로를 받았다. 그 노래를 듣고 마음속에 쌓아두었던 눈물을 한참 쏟아냈다.

작은 중소기업 출신의 방탄소년단은 아이돌 세계에서도, 뮤지션 세계에서도 환영받지 못하는 외로운 존재였다. 그저 모든 무대에서 최선을 다하는 것으로 자신들의 진심을 전할 수밖에 없었다. 말이 아닌 행동과 결과로 세상에 자신을 보여주는 그들에게 존경심이 들었고, 자연스레 그들을 좋아하게 되었다. 지치더라도 그들처럼 포기하지 않고, 내 삶의 무대에서 빛나는 존재가 되겠다고 결심하며 다시 한번 힘을 냈다. 그들을 지켜보는 순간순간이 덩굴에 숨겨진 보물 상자를 발견하고, 그 선물을 만끽하는 소풍 같았다.

일월비비추는 방울비비추, 비년비비추라고도 부른다. 이 꽃은 백합과의 다년초로 6~7월에 꽃을 피운다. 매년 여름이면 지역을 가리지 않고 전국 곳곳에서 피어나는 꽃이다. 도심에서도 쉽게 만날 수 있는 야생화 중 하나다. '좋은 소식, 신비로운 사람, 신비한 사랑'이라는 꽃말을 지니고 있다.

예쁜 꽃말들을 지닌 채 우리 주변 곳곳에 있다는 점이 마음에 들었다. 내게 필요한 위로가 너무 멀리 있는 것보다는 손 뻗으면 닿을 만한 지척에 있을 때 조금 더 힘이 되니까. 그 위로들 사이에서 좋은 소식들이 많이 들려오길 바라는 마음으로 이 꽃을 골랐다.

일월비비추와 함께 부레옥잠화도 같이 엮었다. 부레옥잠은 많이 들어봤을 것이다. 아직도 초등학교 때 부레옥잠을 잘라 보는 시간을 가지는지 모르겠다. 부레옥잠화는 보라색 꽃이 한 가지 끝에 여러 개가 모여 피는데, 하루만 피었다가 시드는 일일화이다. 부레옥잠화의 꽃말은 '승리, 조용한 사랑'이다.

일월비비추와 부레옥잠화는 익숙한 식물이지만, 그 이면까

삶은 행복을 찾으러 온

소풍이에요.

지 아는 사람은 드물 것이다. 우리가 놓쳤던 아름다움에 대해, 생각하지도 못한 것들이 주는 위로에 대해 말하고 싶었다. 그리고 '승리'라는 꽃말처럼 지치고 힘든 순간 속에 잠식당하지 않기를 바랐다.

이 그림의 주인이 되신 분은 방송작가였다. "저는 직업 특성상 아이돌을 보며 일상에 많은 영향을 받아요. 나한테 없는 반짝임을 가진 아이돌이 좋아요. 나도 저렇게 반짝거리는 사람이 되어야지, 저렇게 열심히 살아야지 하고 좋은 자극을 주거든요."

꽃이든, 아이돌이든, 또 다른 어떤 것이든 자신에게 위로를 주는 무언가를 발견한다는 것은 삶의 큰 축복이자 행운이다. 세상 모두가 나를 미워하더라도 온전한 사랑 하나만 있다면 씩씩하게 살아갈 수 있다.

그런 존재가 아직 없어도 괜찮다. 오늘부터 찾아보면 되니까. 우리의 삶은 하나의 소풍이고, 지금은 각자 보물찾기를 하는 시간이다. 설레는 마음으로 쪽지를 찾아 헤매는 중일 뿐이다. 내가 어떤 보물을 뽑을지 모르고, 몇 개를 찾을지도 모르지만 나를 위한 보물들이 숨어서 나를 기다리고 있다는 것만은 확실하다.

　우리는 이 놀이를 그저 즐기면서 곳곳에 숨은 보물들을 찾아내기만 하면 된다.

지금 여기에서
행복해져요

한 매체와의 인터뷰에서 이런 질문을 받은 적이 있다. "'가리지만 보이는 것'인 상처 커버 작업에 대해 어떻게 생각하시나요?"

다양한 흉터를 가리는 커버 작업을 의뢰받지만, 그중 가장 신경 쓰이는 작업은 아무래도 마음의 슬픔 때문에 스스로 만든 흉터를 가릴 때다. 그때는 선 하나하나에 온 마음을 기울인다. 그림에 담긴 마음과 이야기가 상처를 잊게 해주는 부적이 되길 바라며 선을 쌓아 올린다.

소원을 비는 마음으로 작은 돌멩이들을 올려놓듯 조심스러운 마음으로 그려내지만, 그런 나의 마음과 바람이 닿지 않을 때도 있다. 이따금 흉터를 가린 꽃 위에 다시 흉터를 만든 분을 마주한다. 처음엔 그럴 때마다 나의 작업에 회의감이 들었었다. 결국 내 작업은 피부 표면에 그려넣은 보이는 그림에 불과할 뿐, 그 사람의 마음속 상처까지 도달할 수는 없구나 싶어 한계를 맞닥뜨린 기분이었다.

그런 실망감에 빠져 힘들어하던 날, 상처 커버를 받았던 한 분이 다시 작업실 문을 열고 들어오셨다. 나에게 꼭 하고 싶은 말이 있다며 말문을 열었다. "문득 너무 힘든 순간이 와서 안 좋은 생각이 들었던 날이 있었는데, 그때 제 몸에 새긴 꽃을 보게 됐어요. 꽃을 보니까 제가 이걸 어떤 마음으로 했었는지, 누구를 생각하며 했었는지, 그때 연님과 어떤 대화를 나눴었는지, 연님이 어떤 말들을 해주었는지 생각났어요. 그 기억들이 나는 순간 다시 마음을 잡을 수 있었어요. 정말 고마워요." 터질 것 같은 눈물을 참으며 그분을 배웅하고, 한참을 멍하니 앉아 있었다. 그러다 그분에게 덕분에 나도 힘 낼 수 있게 되었다고, 감사하다는 메시지를 보냈다.

"'가리지만 보이는 것'인 상처 커버 작업에 대해 어떻게 생각하시나요?"라는 질문에 이 일화를 들려줬다. 상처를 극복하기 위해 노력했으나 실패한 분들을 보며 속상하기도 했지만, 또 누군가는 성장하는 것을 나는 분명 보았다. 그 일은 나의 직업에 자부심을 가지고 계속해서 나아갈 수 있는 원동력이 되었다. 그리고 이 작업만으로 채울 수 없는 것들을 더 찾아내기 위해 미술치료대학원에 진학했다.

나 역시 모든 것이 허무하고 불안하던 때가 있었다. "선생님, 만약 제가 다른 곳에서 일을 하면 지금보다 나아지지 않을까요? 아니면 사는 곳을 옮겨볼까요? 다른 동네? 다른 지역? 아니면 아예 외국으로 가는 건 어떨까요?" 언제나 내 이야기를 경청하고 수용해 주시던 주치의 선생님께서 이때만큼은 단호하게 말씀하셨다. "우리는 지금 여기까지 오는 데에도 많은 노력을 기울였어요. 그런데도 여전히 마음이 불안하고 좋지 않다고 하세요. 이 마음으로 다른 곳에 가면 행복을 찾을 수 있을까요? 여기에서 행복을 찾을 수 없다면, 다른 곳에서도 행복은 찾을 수 없습니다."

도망친 곳에 낙원은 없다. 지금 여기서 행복을 발견할 수 없다면 다른 곳에서도 행복을 찾을 수 없다. 행복해지기 위한 첫걸음은 내 안의 상처를 다시 들여다보고, 그것을 쓰다듬어 주는 것이다. 자신에게서 도망치려고만 하는 사람은 행복에 등을 지고 달아나는 거나 다름없다. 나를 돌보고 그 안에서 행복을 찾는 사람, 지금 내가 있는 곳에서 행복할 수 있는 사람만이 행복을 누릴 수 있다.

매발톱꽃은 산골짜기 양지에서 자라는 꽃으로 6~7월에 피어난다. 이름처럼 아래로 핀 꽃에서 위로 뻗은 긴 꽃 뿔이 매의 발톱을 닮았다. 실의에 빠졌을 때 꽃잎을 두 손에 문질러 바르면 샘물처럼 용기가 솟아난다는 전설이 있는 매발톱꽃의 꽃말은 '승리의 맹세, 행복'이다.

스스로 만든 흉터 위에 꽃을 새기는 일은 자신의 지난 실수 지금 여기에서 행복해져요.

를 단순히 감추려는 의도가 아니다. 그 상처를 마주하고, 이제는 그것을 딛고 일어서서 앞으로 나아가려 첫 발걸음을 내딛는 순간이다. 반드시 행복해지겠노라 스스로 약속하는 승리의 맹세다. 살아가겠다고, 진심으로 나를 아끼고 사랑하겠다고 다짐하는 순간 생은 다시 한번 시작된다.

　용기를 내어 지금 이곳에서 내가 해야 할 것들을 하나씩 해나가고, 내 주변에서부터 만족을 찾아보자. 모른 척하고 도망치려고만 했던 바로 이곳이 내가 찾던 낙원이 될 것이다.

이제 당신이
문을 열 차례예요

"인생에서 행복의 문이 하나 닫히면 다른 쪽 문이 열린대." 열아홉 살, 인생의 첫 실패를 맛보고 좌절해 있는 내게 친구가 건넨 말이다. 당시에는 그 말이 전혀 와닿지 않았다. 지원한 대학에 다 떨어져서 갈 곳도 없는데 무슨 소리를 하는 건지, 전혀 위로되지 않았고 이해할 수도 없었다. 그건 내가 실패의 좌절감에 사로잡혀 오로지 닫힌 문만 바라보고 있었기 때문이다.

어릴 때 내 꿈은 선생님이었다. 사실 엄마가 정해준 꿈인데,

딱히 되고 싶었던 것도 없었고 유치원 선생님이 내 눈에는 너무 예쁘고 좋아 보여서 그냥 군말 없이 받아들였다. 엄마의 꿈을 뒤로하고 두 번째로 가진 장래희망은 패션디자이너였다. 당시 내가 좋아했던 만화책의 주인공이 패션디자이너를 꿈꾸는 소녀였는데, 때마침 내가 좋아했던 미술 선생님이 "너는 커서 디자이너가 되면 좋겠다"라고 말씀하시는 바람에 운명처럼 받아들인 것이다. 하지만 인생이란 그리 만만하지 않았고, 열아홉 살의 나는 쓸데없는 자존심에 유명 대학들만 지원했다가 모조리 떨어져 버렸다.

이제 다음 장래희망은 뭐가 되어야 할까, 재수 생활 내내 고민했다. 엄마가 결사반대하는 미술을 제외한 일이면서 서울에서 할 수 있고, 공허한 내 마음을 메울 수 있는 일이길 바랐다. 그렇게 나는 서울에 있는 대학교의 심리학과로 진학하게 됐다. 결국 어릴 때 세웠던 내 인생 설계도에서 이뤄진 건 서울에서 살기가 전부다. 인생은 정말 생각대로 되지 않는다.

한때 육상 선수였다던 그녀를 만났다. "대회도 나가고, 즐겁게 선수 생활을 하고 있었어요. 미래가 나름 기대되기도 했고요. 그런데 제가 싫다는 이유만으로 어떤 아이가 학원 봉고차에서 내리려는 저를 밀어서 오른쪽 발목이 꺾이는 사고가 났어요. 다리는 물리치료와 재활치료를 병행해서 낫고 있지만, 선수 생활은 두 번 다시 할 수 없게 되었죠. 저를 싫다고 밀쳤던 그 아이에 대한 원망과 두 번 다시 운동을 전처럼 할 수 없다는 생각에 정말 힘들었어요. 하지만 이제는 그런 감정들에서 벗어나고 싶어요. 꽃이 되지 못하더라도 새싹이라도 될 수 있다는 걸 보여주고 싶어요."

글에서 그녀의 용기와 씩씩함을 느껴졌다. 그녀는 삶이 송두리째 달라졌지만, 원망과 좌절에 매몰되지 않고 흙무덤을 스스로 뚫고 올라오는 새싹이 되길 희망했다. 그녀에게 어울리는 꽃들을 여러 가지 골라주었는데, 그녀는 그중 가장 작은 꽃을 골랐다. 흔히들 차로 마시는 카모마일이다(바른 표기는 '카밀러'이다). 작고 하얀 모습이 귀여운 카모마일은 국화과의 허브 식물로, 카모마일 차는 마음에 안정을 줘서 늦은 밤 잠들기 어려울 때 마시면 좋다.

카모마일은 추위에 강한 생명력을 가지고 있어 키우기 쉬운 꽃이다. 땅에 기어다니듯 자라서 발에 밟혀도 밟힌 만큼 강해져 개화 시기가 와도 끄떡없다. 그래서 꽃말도 '역경에서 태어난 힘, 역경에 굴하지 않는 강인함'이다. 그녀를 보고 있으면 카모마일이 떠올랐다.

그녀는 이제 육상 선수가 될 수 없지만, 다른 꿈을 그리고 있다고 했다. "힘든 일도 있었지만 살아보니깐 아직 재미있고, 만날 사람이 많다는 것을 느꼈어요. 좋은 친구, 좋은 선후배, 그리고 내가 사랑하는 사람까지. 계속 새로운 욕심이 생겨서 앞으로 어떤 일이 있을지 기대돼요."

내 앞길에 놓인 문이 쾅 닫혔을 때, 아무리 문고리를 잡고 흔들어도 열릴 기미가 보이지 않을 때 주위를 한번 둘러보자. 나를 향해 열려 있는 새로운 문이 반드시 있을 테니. 만약 새로운 문이 없거나, 없으면 어떡하나 걱정된다면 카모마일을 떠올려보자. 누군가가 무심히 짓밟고 가도 있는 힘껏 자라나는 작은 카모마일을.

실패해도 괜찮다. 아무것도 하지 않고 후회하는 것보다 여러 번 실패하고 한 번의 성공을 거두는 자가 더 빛나는 법이다. 엄마가 그토록 반대하던 미술을 나는 지금 꽃 처방으로 실현하고 있다. 부상으로 원래의 꿈과 멀어진 그녀도 새로운 꿈을 향해 나아가고 있다. 포기하지만 않는다면, 새로운 문틈 사이로 밝은 햇살이 나를 반겨줄 것이다.

이제 당신이 문을 열 차례예요.

씨앗,
너는 곧 피어날 거야

"그걸 왜 하는 거야?", "그걸 하면 취업이 되니?", "그걸로 돈을 벌 수 있어?" 이런 말을 자주 들었었다. 그때 '역시 그렇지?' 하며 그만두었다면 지금의 나와 이 책은 세상에 없었을 것이다.

내가 이 세상에서 아주 작은 점처럼 느껴질 때가 많았다. 보잘것없는 내 모습에 괴로워하며 삶의 변두리를 방황하기도 했다. 그러다 꽃을 그리기 시작하면서 점에 대한 생각이 달라졌다. 선을 그리고, 원을 그으려면 점부터 찍어야 한다. 아주 작은 점에서 모든 이야기가 시작된다. 내가 아주 작은 점처럼 느껴지던 순간이, 사실은 그 자체로 출발점이자 도약이었다.

2005년 스탠퍼드대학교 졸업식에서 스티브 잡스는 '점 잇기'에 대해 말했었다. 가정 형편상 대학을 자퇴했는데, 그게 당시에는 꽤 두려웠지만 돌아보니 인생에서 내린 최고의 결정 중 하나였다고 한다. 자퇴 후 관심 없었던 필수과목 대신 평소 듣고 싶었던 서체 수업을 청강했는데, 이 경험은 훗날 미려한 서체를 가진 최초의 매킨토시 컴퓨터를 설계하는 데 큰 역할을 한다.

"미래의 점들은 이을 수 없습니다.
과거의 점들만 이을 수 있죠.
그러므로 이런 점들이 미래에 어떤 식으로든
이어진다고 믿어야 합니다.
이런 제 인생관은 저를 실망시킨 적이 없습니다."
– 스티브 잡스의 연설 중에서

미술 선생님의 칭찬이 좋아서 다니게 됐던 미술 학원. 디자이너가 되면 좋겠다는 선생님의 한마디에 미대 진학을 꿈꿨던 10대. 우울증을 겪으며 보통의 삶에서 멀어졌던 20대. 우울증의 돌파구였던 꽃과 타투, 지금 공부하고 있는 미술치료까지.

누군가는 나의 삶에 대해 대책 없는 인생이라 말했다. 나 또한 끊임없이 부유하는 내가 걱정스럽고 불안해 잠들 수 없는 날들이 많았다. 그런데 지금 뒤를 돌아보니 마음 가는 대로 여기저기를 방황했던 순간들이 하나의 선을 만들어냈다. 지난 시간이 아니었다면 결코 만들어낼 수 없는 나만의 선이었다. 나는 아직도 끊임없이 방황하지만, 이 시간이 미래의 어느 순간 또 다른 그림을 만들어낼 것이라고 믿는다.

나는 무한한 가능성을 가진 씨앗이다. 그리고 영원히 시들지 않는 아름다운 꽃이다. 희망을 품고 살아가는 존재는 어떤 모습으로든 빛을 내며 살아간다. 나를 믿는 사람은 결코 작거나 나약하지 않다.

그러니 씨앗,

그대 지금 어디에 있든,

지금 어떠한 모습이든 움츠러들지 말아라.

너는 곧 피어날 테니.

타투이스트 연의 꽃 처방
나에게 해주지 못한 말들

2021년 9월 30일 초판 1쇄 발행

글 그 림 | 연
펴 낸 이 | 서장혁
책임편집 | 장진영
디 자 인 | 지완
마 케 팅 | 윤정아, 최은성

펴 낸 곳 | 봄름
주　　소 | 서울시 마포구 양화로161 케이스퀘어 727호
T E L | 1544-5383
홈페이지 | www.bomlm.com
E-mail | edit@tomato4u.com
등　　록 | 2012.1.11.
I S B N | 979-11-90278-84-3 (03810)

봄름은 토마토출판그룹의 브랜드입니다.